Nouvelle Collection illustrée. L'ouvrage complet **95** centimes.

LOUIS DE ROBER[T]

L[e] Roman du Malade

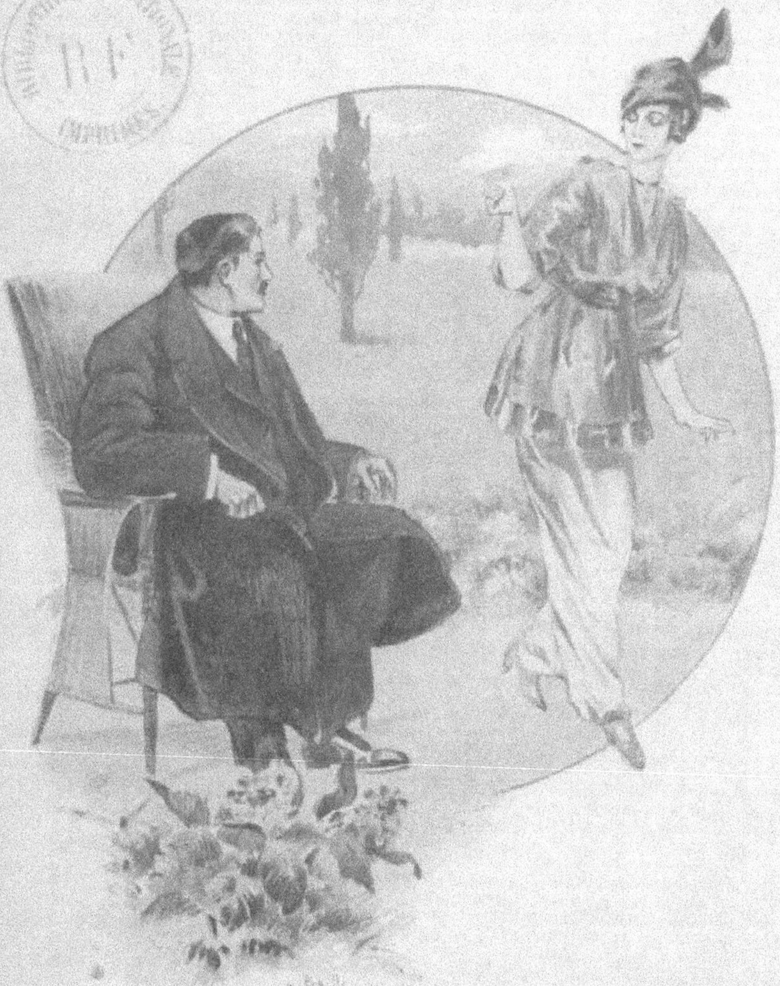

Calmann-Lévy, Éditeurs

Le
Roman du Malade

Paris. — Imp. L. Pochy, 52, rue du Château. — 8/1-15

LOUIS DE ROBERT

Le Roman du Malade

ILLUSTRATIONS

DE

LOUIS BAILLY

PARIS

CALMANN-LÉVY, ÉDITEURS

3, RUE AUBER, 3

Mon cher Loti

A cause de la grande admiration que j'ai toujours eue pour votre génie poétique, pour votre belle âme si émouvante, si tendre, si lumineuse et en même temps si sombre et si désespérée, et parce qu'on ne peut vous connaître sans vous aimer, depuis longtemps, à chacun de mes livres, j'étais tenté d'écrire votre nom sur cette page et, chaque fois, mécontent de moi je me suis dit : « Attendons le prochain. » Car l'œuvre qu'on n'a pas encore réalisée est toujours rayonnante, pure, intacte, sans défauts ; elle ne nous désenchante qu'à mesure qu'elle s'édifie. Alors, nous apercevons bien ce que nous avons réussi à exprimer, mais nous apercevons également tout ce que nous rêvions de dire et que nous n'avons pas dit...

Ainsi j'ai retardé quinze ans la joie fière et délicate de satisfaire le vœu de la piété la plus fervente et de la plus douce amitié.

Mais tout arrive et voici enfin ce Roman du Malade que je vous ai consacré dès sa première ligne, avec la pensée que vous en sentiriez mieux que personne la sincérité, vous l'incomparable peintre des crépuscules et des grandes ombres de la mer.

Ce n'est pas que ce livre échappe à la commune loi. Non. Je suis loin d'y retrouver toutes les choses profondes et belles que j'ai cru entrevoir lorsque le destin me l'a imposé. Ai-je, comme de coutume, manqué de modestie en le concevant ou bien suis-je trop sévère aujourd'hui ? Chez un homme

de lettres, les impressions, ce qui l'a saisi, intéressé ou ému, les idées qu'il sent se former secrètement en lui, tout cela veut se préciser, jaillir au dehors. De même que ces plantes enfermées dans une pièce par un effort patient et admirable, dirigent toutes leurs feuilles vers la lumière de la fenêtre, de même nos sensations, nos pensées encore obscures en nous, se tournent vers la vie, et il n'est pas besoin que nous les ayons fixées sur le papier pour qu'elles soient écloses et cessent de nous tourmenter ; il suffit que nous leur ayons donné mentalement la forme qui leur convient. Dès qu'elles se sentent achevées elles nous quittent. Et souvent pour y avoir un peu trop réfléchi nous délivrons ces captives que seule l'imprécision détenait dans notre mémoire. Ainsi j'ai éparpillé au vent bien des choses que j'aurais dû noter quotidiennement et qui auraient donné à ce livre un sens plus définitif. Néanmoins tel qu'il se présente aujourd'hui, avec ce qu'il contient et tout ce qui lui manque je ne le crois pas indigne de vous émouvoir.

Évidemment ceux qui cherchent dans la lecture une distraction légère n'iront pas à moi. Mais ceux qui ont l'âme grave, ceux qui goûtent l'automne, le silence, la méditation, la solitude, et qui songent quelquefois à la mort, ceux-là, s'il advient que mon livre tombe entre leurs mains, le liront, comme vous, mon cher grand ami, sans hâte, avec le sentiment qu'il mérite. Ils l'aimeront. Ils m'aimeront.

LOUIS DE ROBERT

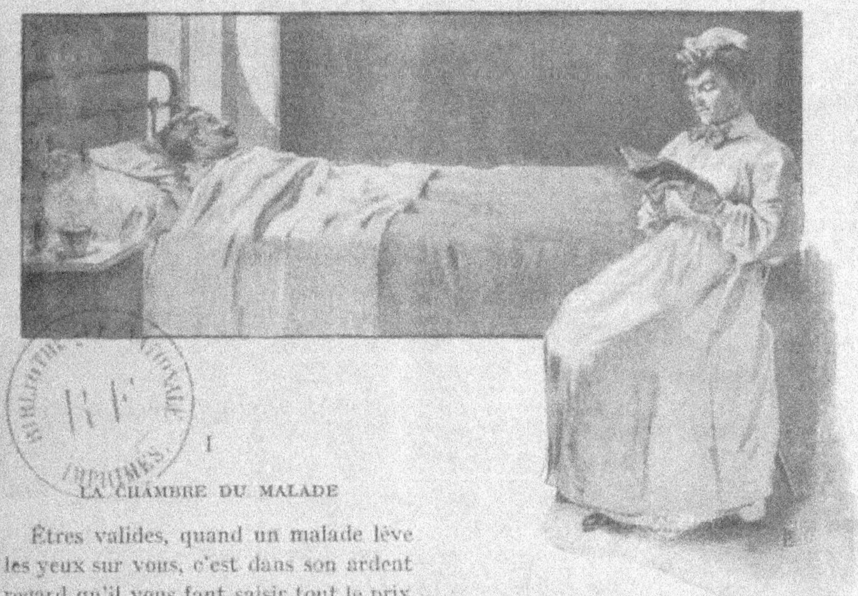

I

LA CHAMBRE DU MALADE

Êtres valides, quand un malade lève les yeux sur vous, c'est dans son ardent regard qu'il vous faut saisir tout le prix de votre santé.

Hier, j'étais un homme comme les autres. J'appréciais peu mes courtes joies et donnais de l'importance à mes plus négligeables soucis ; je méconnaissais la vie, je me plaignais qu'elle ne servît pas assez docilement mes intérêts, mon ambition ou mes plaisirs ; je me croyais malheureux parce que le moindre de mes souhaits tardait à se réaliser et je ne soupçonnais pas que je portais en moi, sous la peau, le plus précieux de tous les biens, le premier, celui sans lequel on n'en peut goûter aucun autre. Aujourd'hui, je suis étendu sur un lit, consumé par la fièvre, sous l'œil d'une garde-malade silencieuse, sentant derrière la porte l'inquiétude de ma mère qu rôde. Et je pense simplement ceci : « J'ai trente ans et je vais mourir. »

Le médecin, en m'auscultant, a laissé tomber ce simple mot :

— Diable !

Puis après s'être composé un visage :

— Cette bronchite n'est pas récente. Il y a longtemps que vous deviez porter ça sans vous en douter... Enfin, espérons que ce ne sera rien.

Il a dit : bronchite ; mais l'ombre qui ne parvient pas à quitter son visage, les ordres qu'il donne, cette garde qui vient dans la journée prendre son service à mon chevet, cette porte et cette fenêtre condamnées, et des nuances qui sont dans un regard, dans un son de voix, dans un geste qui ne se croit pas observé, tout cela, plus que mon pouls précipité, la difficulté presque insurmontable que j'éprouve à respirer et les quarante degrés qu'accuse le thermomètre, a fait peu à peu la lumière dans mon esprit.

Ainsi j'ai pensé, j'ai agi, j'ai senti, j'ai aimé, j'ai cru vivre enfin jusqu'à cette époque précise, déterminée où, dans ce compartiment de chemin de fer, dans ce courant d'air, ce tapis secoué au-dessus de ma tête, la toux de cet inconnu, j'ai trouvé mon destin qui m'attendait patiemment depuis que je suis né. A l'heure même où j'ouvris les yeux, il reçut cette mission d'être là à cet instant, fixé d'avance, de ma trentième année. Et, sans que je l'aie vu venir, le voici exact au rendez-vous.

Car, je n'ai rien deviné. Le pressentiment, cette ombre par quoi s'annonce le malheur qui nous a choisi, ne m'a même pas effleuré. Je toussais un peu. J'avais de courts frissons le soir, vers cinq heures. Je sortais. A peine dehors, les jambes lasses, j'avais envie de rentrer. Et je ne me doutais de rien. Et je pensais à des choses subalternes, à des vêtements que je devais essayer, à des courses à faire, à toutes les petites nécessités médiocres du moment.

Je revenais de passer l'hiver à Saint-Jean-de-Luz, avec mon ami Paul qui, comme la plupart de ceux avec lesquels on doit se lier fortement, avait commencé par me déplaire la première fois que je le vis. Les caractères faciles nous plaisent tout de suite et nous désenchantent bientôt. Les tempéraments originaux nous heurtent, au contraire, par toutes les aspérités qui les différencient des autres. Il faut le temps de s'adapter à eux. Ensuite on ne se déprend plus.

Ensemble, nous avions goûté une fois de plus les beautés de ce pays dont j'aime tant, à partir de l'automne, le soleil nostalgique, les routes solitaires, les cimetières, les vieux murs, le paysage accidenté et rude et cet air brûlé et sauvage des montagnes qui le séparent de l'Espagne ; pays de lumière, de silence et de mort, beau pays dont le charme est trop fermé, trop inexplicable pour se livrer au premier regard et qui vous prend, vous pénètre, exerce sur votre sensibilité un pouvoir mystérieux, comparable seulement à l'action incompréhensible et triste de la musique ; pays que je ne reverrai plus, sans doute, et qui projette, dans cette chambre de malade, des reflets si doux que j'en ai l'âme remplie d'un grand délire mélancolique.

J'avais fait des projets... Hélas ! je ne croyais pas avoir encore atteint le milieu de ma vie et j'en touche le terme. Et c'est dans mon lit, au creux de mon lit, un glissement insensible vers le gouffre. Il semble que je sois étendu dans une barque qui, sans secousse, sur une eau muette et sombre, m'entraîne, m'entraîne au néant...

Autour de moi, la chambre, avec ses issues closes, enferme un moelleux silence, à peine rayé par le grincement que fait sur le papier la plume de la garde-malade qui écrit. Elle se lève pour me faire boire. J'entends le bruit clair de la tasse qu'elle repose sur le marbre de la table de nuit, le heurt léger de la cuiller qui oscille un instant dans la soucoupe et, d'une façon intermittente, le crépitement des bûches dans le foyer, ces délicates, ces différentes sonorités que révèlent lorsqu'elles éclatent les parcelles de bois détruites par la flamme. J'aperçois, sans tourner la tête, une partie de ce paysage féerique que compose le feu. Flammes qui courent comme de l'eau, l'air qui passe les allonge, les transforme, les éteint, les rallume de tous les côtés de cet intense petit bûcher

qui, tout à l'heure, en s'écroulant, évoquera la beauté émouvante des ruines.
Cela me crée une atmosphère de recueil-
lement à laquelle concourt encore le tic
tac de la pendule, ce petit pas discret de
l'heure qui jamais ne se précipite ni ne
se ralentit et, de chaque seconde, fait à
chaque être un peu plus de passé, un peu
moins d'avenir.

Je ne souffre pas. Je ne sens pas mon
corps. Toute ma vie menacée s'est réfu-
giée dans mon cerveau, comme la lumière
monte aux cimes avant de disparaître. A
mesure que le temps s'écoule, mon être
se spiritualise en quelque sorte. On dirait
que les cloisons qui nous cachent la connaissance se font plus minces d'heure en
heure et presque transparentes. Faut-il
croire qu'à l'instant de notre fin le mystère s'éclaire et s'ouvrent tous les secrets?
Un peu plus de clarté encore, et je vais
entrevoir, il me semble, ce qui se meut
au delà des apparences.

Le temps passe. J'ai de moins en
moins peur de la nuit qui commence au
terme de la vie. A mesure que le mal
empire et que faiblissent mes forces, une
sorte de sérénité m'envahit. J'ai redouté
souvent ma mort ; je la redoutais encore
ce matin, à cause des puissances animales
qui, en moi, refusaient de s'anéantir. A
présent, tout ce qui me troublait finit
par m'apparaître très simple. Il y a dans
l'homme un sens supérieur à l'intelligence par quoi il saisit certaines lois
éternelles et se soumet à la fatalité. C'est
à ce sens-là que je dois cette adaptation
complète à mon sort. Je m'en remets à
ce sort qui me conduit doucement au
tombeau.

« Voilà, c'est ainsi. Il faut que cela
soit. » Ces paroles simples ont retenti en
moi. « Voilà, c'est ainsi » et ma raison

s'est inclinée. Mais je ne saurais rendre
sensible à autrui ce que j'ai éprouvé, et
je sens très bien qu'à vouloir le faire
tenir dans des mots cela glisse et
s'échappe et qu'on ne me comprendra
pas.

Il n'importe. L'essentiel est que je ne
retrouve plus l'homme faible et infé-
rieur que j'ai déploré d'être durant certaines minutes décisives de mon existence. L'instant suprême, celui où j'ai
le sentiment de m'être élevé au sommet
de moi-même, c'est sans nul doute celui-
ci. Je m'élève, c'est exact. Je me sens
moins lourd déjà de tout le poids de mon
corps que je vais quitter.

Et, pour la première fois, je songe sans
émotion à cette parole déchirante d'un
enfant de quatorze ans qui mourut l'automne dernier dans cette même maison,
à l'étage au-dessous, et qui, tendant vers
sa mère des bras désespérés, suppliait :

— Maman, je ne veux pas mourir !...
Maman, empêche-moi de mourir !...

J'y songe sans émotion, d'un cœur
paisible, avec cette sorte d'insensibilité
qui me vient de mon étrange, de mon
inexprimable consentement à disparaître...

II

SOUVENIRS

Ma mère est entrée. Après un court
conciliabule avec la garde-malade, sans
bruit, elle s'est approchée de mon lit, m'a
pris doucement la main.

— Ne parle pas. Le docteur a permis
que je reste un moment auprès de toi...
Je parlerai si cela ne te fatigue pas. Mais
toi, ne réponds pas.

Elle s'est assise et me regarde.

— Comme tu ressembles à ton père

C'est son front, ses yeux, la même façon d'être silencieux... Te souviens-tu, la dernière fois que nous sommes sortis ensemble... Un instant tu as marché devant moi pour traverser l'avenue d'Antin. Tu étais un peu courbé et

ELLE S'EST ASSISE ET ME REGARDE

tenais la tête légèrement penchée de côté. Alors, tout à coup, je me suis rappelé la dernière promenade que je fis avec ton père. Nous passions dans cette même avenue d'Antin qu'il avait traversée pour aller mettre une lettre à la poste, et à voir son dos voûté, quelque chose de souffrant et de si triste dans sa tête un peu penchée, j'ai eu au cœur une an-

goisse. Je pensais : « Comme il a changé ! » Quelques jours plus tard, il s'alitait. Eh bien, avec toi, après vingt ans, dans ce même lieu, à cette même place, j'ai eu la vision de ton père. C'était lui, sa figure, son air souffrant et si triste, sa démarche, son port de tête, tout... Et, frappée de cette effrayante ressemblance, je me suis demandé : « Mon Dieu ! est-ce qu'André n'est pas malade ? » Ah! que cette chose m'a troublée et que de fois j'y ai repensé depuis !...

Elle se tait. Une expression tendre et douloureuse anime son fin visage. On sent qu'elle se raidit pour ne pas pleurer. Ma main qui brûle de fièvre serre la sienne qui tremble. Je veux lui parler ; elle m'impose silence. Et je songe à mon père qui, atteint en pleine maturité, par une affection du pylore, mourut avec une si complète soumission à son destin. J'avais douze ans et je me rappelle que, par un phéno-mène émouvant, mes traits, en se formant, ne commencèrent qu'après son départ à refléter ses traits, comme s'il eût attendu le moment de disparaître pour projeter sa ressemblance sur moi ou comme si la mort n'avait détaché le masque doux de son visage que pour le poser, rajeuni, sur le mien.

Je me revois dans mon uniforme de

DANS LE MÊME UNIFORME JE SUIS LA

collégien sous la haute nef de Saint-Philippe du Roule, pendant que la voix profonde de l'orgue exaltait mon âme d'enfant et ma douleur. Et plus tard, dans le même uniforme, ma casquette à la main, devant la neuve pierre tombale, je suis là. Il y a, dans deux vases, des fleurs que les soins pieux de ma mère renouvellent constamment. Elle me dit : « Prie », et je reste sans pensées. A quinze ans, je m'y retrouve. L'entourage de fer déjà se rouille ; il faut le repeindre. Quelqu'un, paisiblement, sur une tombe voisine, taille une croix de buis, avec une patience de jardinier... A dix-huit ans, à vingt ans, ce jeune homme aux épaules délicates, dont la nuque plie un peu, c'est moi encore... Mes visites se font plus rares. La personnalité de mon père s'efface peu à peu de ma mémoire. C'est machinalement que je lis sur la pierre :

JEAN-FRANÇOIS GILBERT
1841-1891

La mort, ce sombre mot, ne verse pas tout son terrible contenu dans une oreille de vingt ans. Devant moi, il y avait trop de soleil, de rêves, d'avenir. Dix ans à peine ont passé. Et déjà me voici en route vers ce rectangle de pierre qui a vu, échelon par échelon, monter ma taille. En fermant les yeux, je lis, au-dessous du nom de mon père :

FRANÇOIS-ANDRÉ GILBERT
1879-1909

Dix ans, le peu que c'est ! Qu'ai-je fait de la vie qui s'ouvrait devant moi comme un beau golfe tout gorgé d'azur et d'espace? Quels desseins ai-je accomplis? De quels devoirs, de quels loisirs, de quelles attentes ai-je rempli ce temps? Je n'avais que dix ans, soit ! dix ans à être un homme. Mais si courte que semble cette durée quand elle est derrière soi, que d'heures elle m'offrait pour travailler, apprendre ou bâtir ! Un jour, puis un autre, un autre encore par milliers se sont successivement réduits en cendre sous mes yeux. Et moi que faisais-je? Qu'ai-je fait de ces heures? Les ai-je assez goûtées? En ai-je recueilli tout ce qu'elles me tendaient? Me suis-je tout entier abandonné à leur douceur, endormi avec assez de confiance dans leurs bras, ou bien jeté avec assez d'élan vers une tâche qui m'élevât? Qu'ai-je fait? Avec quoi me consoler qui soit sorti de mes mains?

Que de fois l'ennui ou l'impatience d'une chose désirée m'ont fait soupirer : « Je voudrais être à demain ! » Que de fois, si j'avais eu, comme ce héros d'un conte, le pouvoir de tirer l'avenir par un fil magique, j'aurais voulu, en une seconde, me voir plus vieux de quelques années ! Avec quelle ardeur j'ai souhaité avoir trente ans ! Trente ans ! Il me semblait qu'à cet âge seulement on atteignait les joies sérieuses, profondes et certaines, que, jusque-là, tout n'était qu'attente, essais, ébauches. Ainsi j'ai négligé ce moment : le plus beau moment et pour moi l'unique moment de la vie.

François-André Gilbert, 1879-1909 ! Tant que ma mère durera, il y aura des fleurs sur cette dalle. Ensuite, quand elle nous aura rejoints, la pierre sera nue. Je vois cette pierre verdir, se ronger, et s'effacer les noms qu'elle porte. Ainsi sera-t-elle selon mon gré. Car, parmi les tombes, j'ai toujours préféré les plus humbles, et les plus délaissées.

— Encore ta tête qui travaille ! me dit ma mère, en appuyant la main sur mon front.

Je souris pour la rassurer et je m'efforce, un instant, de reposer mon esprit en fixant un petit duvet accroché au drap, et qui, suivant le jeu de ma respiration, s'enroule et se déroule d'une façon curieuse et nulle qui me distrait. Mais insensiblement d'autres pensées se reforment, qui se lèvent du passé. Quand la fièvre et l'extrême faiblesse vous tiennent immobile et muet au creux d'un lit, quand les heures s'écoulent à attendre qu'on renaisse ou qu'on achève de se détruire, on n'a que des souvenirs. Les miens accourent, se pressent, se recouvrent l'un l'autre, le plus insignifiant m'ôtant la vue du plus important. Ma mémoire est comme une chambre bouleversée par l'imminence d'un départ.

Pourquoi revois-je, par exemple, avec une étrange netteté, dans cette petite ville de Rodez où naquit ma mère, ce matin d'été où j'attendais le facteur, arrêté devant un atelier de charron? Deux hommes faisaient rougir sur un brasier le cercle de fer dans lequel ils allaient insérer une roue. Je distingue avec précision le brasier, les hommes et jusqu'à l'air chaud qui tremble autour de la combustion. C'est ce matin-là que ma mère me montra non loin de ce charron, sur le tour de ville, à la grille de l'ancienne école des Frères, un barreau tordu qui laissait entre lui et le barreau voisin un intervalle juste assez grand pour que pût s'y glisser un corps de fillette. Lorsqu'elle avait sept ans, il lui arrivait, pour jouer, d'entrer par là furtivement, d'aller jusqu'à la cuisine, narguer le frère cuisinier, lui tirer la langue et lui chanter :

> Frère, frère padénou,
> Tire la queue du pourcellou.

Cela fait elle s'enfuyait, le cœur lui sautant dans la poitrine, et elle avait toutes les peines du monde à retrouver l'intervalle qui était sa porte de sortie. Et voici qu'en considérant près de moi ce visage tendre et fatigué, cette chère tête grave et grise, cela m'émeut infiniment de songer que ma mère a été une petite fille en tablier noir, aux poignets délicats, à la natte dans le dos, avec des yeux de souris, des joues chaudes d'avoir couru, un petit cœur qui défaillait de rire et de peur pendant qu'elle perdait la tête à chercher le barreau tordu et que le frère padénou, j'imagine, ne se pressait pas trop de la poursuivre.

Ainsi les souvenirs se succèdent. Certains me sont portés par une odeur, d'autres par un son. Il en est qui font dans mon cœur comme le soulèvement d'une aile. Mais tous sont bientôt dispersés par le bruit du timbre de l'antichambre.

— Voici le docteur, dit la garde, qui a reconnu sa façon de sonner.

C'est lui, en effet. Grand, naturellement aimable, avec sa barbe fine, ses yeux très clairs au regard jeune et affectueux, le docteur Colline plaît sans effort. Un coup d'œil à la cheminée où s'inscrit, sur une feuille, la courbe de ma température, l'a informé, dès son entrée, que la fièvre a un peu baissé. Il se frotte les mains, s'approche de moi et dit avec bonne humeur :

— Voyons un peu cette petite santé.

Et pendant qu'il m'ausculte, il y a tout près de nous un cher et vieux visage qu'hypnotisent ses moindres mouvements. Ah ! cette foi ardente qu'ont les mères pour le médecin penché sur leur enfant ! Colline, indépendamment de son savoir, exerce une séduction physique qui augmente son action sur le malade et par là, dans certains cas, confiance et qui, par le seul fait de dire en souriant : « Voyons cette difficulté »,

son pouvoir sur la maladie. Il est de ceux qui, dès qu'ils paraissent, inspirent semblent dénouer ce qui était embrouillé et rendre transparent ce qui était opaque.

Mais sa tranquille aisance, son ton léger n'effacent pas en moi l'impression produite par l'ombre de son visage, certains matins, par la façon soucieuse qu'il a d'appeler la garde, de lui faire ses recommandations derrière la porte. Je discerne dans sa bonne humeur l'attitude professionnelle. Je n'ignore pas que la moitié de sa tâche est de mentir.

Et pendant qu'il murmure : « Bien... très bien... », pendant qu'assis devant le guéridon, il rédige son ordonnance, je sens que l'essentiel de ce qui se passe ici n'est pas dans les prescriptions de cette ordonnance, dans la question de savoir si je prendrai tel ou tel remède, mais dans une sorte de conciliabule muet que tiennent dans la chambre, en dehors de nous, les puissances de vie et de mort. C'est là que se balancent mes chances, d'une manière aveugle que symbolise si bien cette vieille gravure accrochée au mur, là, sous mon regard, et où l'on voit de durs soldats occupés à jouer aux dés, sans phrases, le sort d'un prisonnier.

III

SENSATIONS

Je suis frappé de ceci :

Mon effroi de la mort qui avait cessé à mesure que mes forces m'abandonnaient me revient avec ces forces. La vie, en redescendant en moi, me rend une âme médiocre. Ah ! mon calme des premiers jours ! D'abord c'était un état nouveau. J'y apportais ces sentiments de curiosité attentive qu'on a lorsqu'on met le pied dans une contrée inconnue. Les cellules de mon cerveau, étonnées de mon immobilité subite, s'activaient comme on s'active autour d'un accident.

C'était en moi comme un attroupement, comme la rumeur d'une foule où les derniers venus se haussent au-dessus des autres pour voir ce qui se passe. Ensuite, je crois bien qu'on éprouve un petit sentiment de fierté à ce que ce soit très grave, à se voir le centre d'un événement important, à être une sorte de divinité enclose dans une atmosphère de ferveur, une flamme qui vacille et que chacun, doucement, sans remuer l'air, s'efforce de ranimer. Enfin, il semble que trop près de la mort, engagé dans sa nuit, on cesse de la voir. Il faut la sentir proche, mais non sur nous encore, pour que nos yeux en prennent toute l'épouvante.

Courageux et poltrons, nous le sommes tour à tour indépendamment de notre volonté. Quoi que je fasse, le soin que je pourrais prendre de tromper les autres ne saurait me tromper moi-même, et toute mon énergie tendue n'empêcherait pas que la mort, ce matin, ne suscite en mon âme tant de tumulte, au lieu de ce singulier silence, de cette étrange sérénité qu'un instant son ombre, en s'allongeant sur moi, y avait fait naître...

Le neuvième jour, quand le mal est entré dans sa période de décroissance, le docteur m'a dit :

— Vous venez d'avoir une pneumonie qui m'a beaucoup inquiété. Vous voilà heureusement hors de danger. Dans trois semaines, vous serez sur pied.

Trois semaines ont passé. Je suis toujours alité. Parfois, la fièvre s'éteint comme si le mal se fatiguait en moi. Colline, trop prompt à espérer, me croit sauvé. Mais, le lendemain, la fièvre se rallume, le mal a repris toute son intensité. Pas une seconde, en réalité, il n'a interrompu son œuvre, et quand le médecin, l'oreille collée à ma poitrine, n'entendant pas l'ennemi croyait le vaincre, j'imagine que celui-ci, par une de ses innombrables ruses, imitait ces insectes qui semblent frappés de mort dès qu'on les touche et reprennent vie dès qu'on s'éloigne.

Et je songe :

« Singulière condition des êtres !... Combien m'est étranger ce poumon qui est à moi, qui m'a fait vivre et qui échappe à mon action ! Combien me sont étrangers ces organes qui me servent et que j'ignore au point de ne pouvoir les secourir dès que le plus petit obstacle entrave leur fonction ! Que peut ma volonté sur les éléments qui me composent et qui me sont inconnus? J'ai vécu trente ans de leur accord, de leur équilibre, de leur harmonie dont le secret m'est impénétrable. Et je ne puis rien aujourd'hui pour les remettre en ordre. Et ce bon Colline lui-même, malgré tout son savoir, se fie au repos pour que tout s'arrange mystérieusement. Je ne suis pas un, je suis une collectivité, la réunion de toutes les énergies qui remuent en moi. Je sais la géographie de mes états ; mais ce sourd travail qui se poursuit, sous leur surface, seconde par seconde, est-ce que je m'en rends compte? Est-ce que je démêle la personnalité du plus important ou du moindre de mes organes? Non, ces éléments dont je suis le total m'échappent à ce point qu'ils continueront d'évoluer après ma mort, quand ma pensée sera figée et que mes yeux seront clos, dans le tombeau où les cheveux continuent de pousser et les ongles de croître... »

Jamais ces réflexions ne s'étaient imposées à mon esprit, ou plutôt j'avais pu les faire distraitement. Elles n'étaient animées que de cette vie secondaire que nous accordons aux vérités théoriques dont nous n'avons pas encore fait l'expérience. Cela n'existe réellement pour moi, ne m'intéresse et ne m'émeut qu'aujourd'hui, qu'à cette heure où je me débats contre la mort.

Ainsi je songe. Et le soir, mon cerveau échauffé refuse de s'endormir. Je passe une partie de mes nuits à m'agiter dans mon lit, en attendant le jour. Ma pendule m'apprendrait qu'il est cinq heures, si les premiers cris d'oiseaux ne m'en avaient averti déjà. Alors, c'est le retour invariable des bruits quotidiens. Les voitures de laitier et de boucher passent sonores et vives sous ma fenêtre. A six heures quelqu'un descend l'escalier. Et jusqu'au grand matin je reste là, dans l'attente. Puis la journée commence et, au delà des quatre murs qui m'emprisonnent, ma pensée surexcitée par l'insomnie poursuit son essor.

A présent, il m'est permis de lire, d'écrire quelques lettres, de recevoir des visites. Souvent vient Geneviève, la sœur de mon camarade Sudre. Elle a trente ans et se désespère, parce que mon ami Pellerin, qu'elle aime, tarde à prononcer le mot décisif qui doit les unir. Elle vient un peu pour moi, beaucoup pour lui. Chaque fois qu'elle sonne, l'espoir de le rencontrer ici altère sa voix quand elle demande si je suis seul ; et le hasard ne les a pas encore réunis dans cette chambre. Geneviève a un excellent cœur dont le seul tort est d'être absorbé par mon ami et d'oublier les ménagements qu'on doit à mon état. Son bruit, sa vitalité, sa voix sonore m'accablent un peu.

— Geneviève, je n'ai pas dormi trois heures cette nuit. Si vous voulez rester, ne criez pas.

— Je ne crie pas, je ne dis rien. Là, reposez-vous. Vous n'avez pas dormi. Ah ! mon pauvre ami, je sais ce que c'est, allez !... C'est tuant... Tenez, voyez ma mine... Vous ne trouvez pas que j'ai une mine de chien ?... Tout le monde trouve que j'ai une mine de chien... Ce n'est pas étonnant avec la vie que je mène... C'est un martyre... Et mon frère qui ne fait rien pour m'aider... Je n'ai que vous...

Elle s'examine à la glace, se touche la taille, m'affirme que l'été prochain je serai debout, vigoureux, content de vivre, tandis qu'elle sera dans la tombe, et déclare qu'elle échangerait volontiers son sort contre le mien. Que ne puis-je le lui offrir !

Paul m'écrit. Il se félicite presque de cet « accident » parce qu'il va me permettre de connaître Arcachon où il ne doute pas que je vais aller achever ma convalescence. Déjà il me décrit le paysage et me propose des excursions. « Car j'espère bien que tu n'as pas la naïveté d'écouter les médecins. Veux-tu parier que, si je me faisais ausculter, ils me découvriraient une lésion au rein, au foie, à la rate, je ne sais où ?... Tiens, l'an dernier, mon père... »

J'ai un parent, fonctionnaire en province, qui sollicite de l'avancement. Avant d'être malade, je m'occupais de lui. Certes, mon parent est sensible à mon état. Il me plaint bien. Il m'exhorte à la patience. Cela passera. Ce n'est qu'une question de jours. Il est bien tranquille sur mon compte. En attendant, si je pouvais faire le petit effort d'écrire encore en sa faveur...

Alors, en répondant à ces incrédules, il m'a paru que ma main avait tort d'être sans défaillance, les hommes ne jugeant que sur les signes extérieurs, et

je crois bien, oui, je crois bien que je me suis appliqué un instant à altérer mon écriture. Ainsi, par de petits moyens coupables, on peut encore parfois servir la vérité.

Mais je ne me flatte pas qu'ils com-

ELLE S'EXAMINE DANS LA GLACE

prennent ce qu'a de cruel et d'inconvenant leur égoïsme ou leur inclairvoyance. Comme tous les êtres, ce qu'ils aperçoivent avant toutes choses dans le monde, c'est eux-mêmes. Que je serve leurs intérêts ou leurs plaisirs, que je marie Geneviève, que je case mon parent, que je sois de Paul le compagnon de loisir, n'est-ce pas pour eux l'essentiel? Ma vie vacille dans cette chambre, et chacun ne songe qu'à tirer quelque chose de moi.

Allons ! ne te plains pas. Tu fus comme délicieux ! Et ces femmes belles et parées que je ne vois pas et qui s'en vont, l'allure pressée, le regard oblique, le gorge un peu serrée parce que, dans quelque logis caché où il y a un peu d'ombre, tout à l'heure vont se détacher

DANS LES PETITES LOCALITÉS

eux, sans doute. Vois ce beau soleil. Hélas ! lui aussi me blesse !

C'est le matin. Nous sommes au commencement de mai. Je songe qu'au Bois, par les promenades, le printemps fait éclore, sous les arbres reverdis, des femmes belles et parées. Et ce mot de printemps m'inonde de rêverie.

Printemps dont jouissent les autres hommes ! Douceur de l'air qui exalte leur ardeur à vivre ! Étourdissement

d'elles leurs vêtements et leurs baisers… Il me semble entendre au delà de la ville, dans les petites localités suburbaines, les sonnettes s'éveiller aux grilles des demeures. Les odeurs et les bruits sortent de leurs cachettes. Déjà l'été est comme un orchestre en marche dont l'air apporte à mon oreille les premiers sons lointains ! Printemps ! Comme ce mot d'allégresse assombrit cette chambre ! Partout, dans les petits villages de la plaine ou de la vallée, au pied de la colline, au bord du cours d'eau, la lumière met en fête les balcons. Partout l'azur a reconquis l'espace ; l'air chaud caresse les épaules des promeneurs et circule, subtil et doux, autour de leur visage ; leur âme s'éclaire et l'ombre qu'ils ne faisaient plus depuis longtemps sur le sol, l'ombre qui semblait avoir remonté le long de leur corps pour les couvrir tout l'hiver retombe aujourd'hui à leurs pieds comme une écorce noire, comme un vêtement inutile que leur ôte le soleil.

C'est le mois de mai, le mois des cloches, le mois de Marie. Dans le soir tiède, des jeunes filles reviennent de l'église en se tenant par la taille. Des jeunes hommes, dont l'abondance de sève ignore la fatigue, dépensent à quelque jeu leurs forces avec l'insouciance des enfants. Comme mon cœur se serre de sentir à la fois tous ces cœurs dilatés et mon exil !...

IV

LA CONSULTATION

Le professeur Poujade, appelé en consultation, quitte ma chambre avec Colline.

Dans la pièce voisine, qui est mon cabinet, ils confèrent longuement. Une porte seulement nous sépare. Je perçois un murmure indistinct, puis un long silence et l'un d'eux semble dicter à l'autre les termes de la consultation. Voici maintenant qu'ils font appeler ma mère. Elle les rejoint. Toutes mes puissances d'attention sont éveillées ; mais c'est en vain que j'écoute. Que disent-ils? Ai-je besoin de l'entendre pour le savoir? Ne puis-je l'imaginer?

Poujade est debout contre la cheminée. Il dit à peu près ceci :

— Madame, votre fils est très mal. Le poumon gauche est gravement atteint. Si vous restez ici, nous risquons que le mal fasse de rapides progrès et qu'on ne puisse l'enrayer. Il faut aller le plus tôt possible en Auvergne, en Suisse, où vous voudrez.

— Alors mon pauvre enfant va mourir?

— Je n'en sais rien. Il peut durer six mois comme il peut durer quelques années. Un changement complet d'existence, le repos, le grand air font quelquefois des miracles.

— Oh ! je ne me fais pas d'illusion. Si mon fils est si mal que ça, il ne s'en relèvera pas. Il a toujours été si délicat, et puis, que peut-on contre cette terrible maladie?

— On peut beaucoup avec de la volonté et du courage.

Il ajoute des paroles que ma mère n'écoute pas. Il fait de la statistique. Puis, les voix se rapprochent ; ils viennent ici.

L'un après l'autre, ils m'apparaissent avec des visages composés. C'est Poujade qui parle :

— Voilà ! Il va sans dire que j'approuve entièrement tout ce qu'a fait mon confrère. Nous allons vous suralimenter. Vous trouverez sur cette ordonnance toutes les indications utiles et, lorsque les forces vous seront un peu revenues, vous irez faire un petit tour en Suisse, à Davos, par exemple. L'air des hauts plateaux vous est indispensable.

En Suisse ! ce que j'avais prévu se réalise. Il se tourne vers Colline :

— Jusque-là, vous êtes en de bonnes mains.

C'est tout. Le professeur Poujade s'incline. Colline, lui, a ce sourire qui signifie : « Nous arrangerons cela. » Ils sont dans l'antichambre. Ils passent leur pardessus. Je distingue la voix de Poujade qui répond je ne sais quoi à une interrogation de ma mère. La porte claque. Ma mère revient.

Ah ! ce silence entre nous et ces façons qui s'efforcent d'être naturelles !

— Qu'a dit Poujade en partant?

— Tu sais comme il est. Il a seulement dit, en hochant la tête : « Je n'aime pas beaucoup ces pneumonies qui durent si longtemps. » Ce sont ses paroles textuelles.

Alors nettement je demande :

— Je suis perdu, n'est-ce pas?

— Que dis-tu là? Quelle idée vas-tu te faire? Perdu ! quand on a la jeunesse ! Tu es malade encore, gravement, mais les médecins espèrent bien que Davos...

— Allons, ma vieille maman, dis-moi la vérité, non pas pour me l'apprendre, je la connais, mais pour te soulager... Tu n'aurais pas dû les faire conférer dans mon cabinet. Il n'y avait qu'une simple porte entre nous. Les malades ont l'oreille fine. J'ai tout entendu.

— Et qu'as-tu entendu?

La ruse est facile. Mais comment ne s'y laisserait-elle pas prendre? Sa douleur, son désespoir, de moins en moins contenus, lui ôtent tout sens critique.

— Que je suis perdu, voilà ce que j'ai entendu. Ils ont dit que j'étais perdu.

— Non, tu n'es pas perdu encore. Davos peut te sauver... Non, non ! Nous ferons l'impossible. Tu es jeune. Il y a encore des forces en toi... Dieu ne peut pas m'éprouver ainsi. Ah ! mon enfant, il nous faut du courage...

Voilà, j'ai reçu le coup. Elle ne m'a pas démenti : je suis perdu ! On a beau s'y attendre, cela vous assomme. Je suis perdu ! Je le savais... je le savais... Mais on m'a tellement répété que j'étais sauvé, et Colline, tout à l'heure, avait un si confiant sourire que je ne serais pas un faible être humain si, à mon insu, un peu d'espérance ne s'était au fond de moi insinué. On sait, on voit clair, on a vu cent fois devant soi tromper les malades et l'on est aussi crédule qu'un enfant... Je suis perdu et je ferme les yeux sur l'affreuse certitude.

Je pense à tous ceux qui souffrent, qui désirent ardemment ce qu'ils n'ont pas, qui sont torturés, méconnus, trahis. Les plus malheureux, les plus désespérés d'entre eux, en jetant un regard d'imploration ou de haine sur la foule qui passe, se disent peut-être : « Il y a dans cette foule quelqu'un que je ne connais pas, de qui peut dépendre demain, tout à l'heure, à l'instant même, mon bonheur ou ma fortune. Il y a, là dedans, dix ou cent personnes capables d'un seul mot de combler tous mes désirs ». Le plus déshérité des humains doit se dire cela. Mais moi, dans cette vaste ville qui m'entoure, dans cette multitude, dans le monde entier, il n'est personne, personne, personne qui puisse rien pour moi.

Ah ! que ne suis-je mort les premiers jours, au temps de mon étrange insensibilité ! Maintenant, me voir mourir à chaque heure, être roulé, porté, soutenu... Combien de temps va durer cette affreuse agonie? Et il faut que je cache à ma mère cette épouvante. Les yeux demeurés clos, je revois sur la pierre tombale l'épitaphe fraîche :

FRANÇOIS-ANDRÉ GILBERT

1879-1909

D'ailleurs, si je conservais la moindre illusion sur mon état et sur l'idée que s'en font ceux qui m'approchent, le petit fait suivant suffirait à m'éclairer. Comme nous nous taisons, on vient dire à ma mère que ma cousine Amélie est là.

— Je vais la recevoir, je ne la ferai pas entrer ici. Tu as tant besoin de repos, en ce moment.

Elles sont restées une heure ensemble et, quand ma cousine s'en va, je les entends qui pleurent. Une semaine plus tard, la fille d'Amélie, qui a neuf ans, vient avec sa bonne prendre des nouvelles. Je la reçois, un instant, et de son bavardage je retiens ceci :

— Maman se fait faire sa nouvelle robe ; mais cette année, elle ne sera pas jolie... elle est toute noire...

Elle a dit cela innocemment, avec une petite moue de déplaisir, et ce mot d'enfant fait en moi le bruit d'une pierre tombant dans un gouffre. Amélie, très économe, se fait faire deux robes par an, une au printemps, l'autre à l'automne. Ce printemps, elle n'a pas voulu se commander une toilette claire qu'un événement imminent peut l'empêcher de mettre. Déjà, elle se prépare à porter mon deuil.

Après le départ de Jeanine, j'ai repris machinalement un journal que je lisais avant son arrivée. « On nous écrit de Vienne... » Je ne sais pas ce que je lis. J'évoque Davos, ce haut plateau suisse où nous devons partir à la fin de ce mois. Je me représente l'air vif, frais et salubre répandu comme une eau vive entre les balcons découpés des chalets et les branches sombres des sapins. Pourquoi une impatience agite-t-elle mon cœur à me représenter cet endroit de salut !

Ah ! quitter coûte que coûte cette chambre où tout m'annonce la mort ! Aller n'importe où, là où je ne saurai pas que mes parents se commandent déjà leurs vêtements de deuil ! Je me vois à Davos, étendu sur une chaise longue, dans le parc d'une hôtellerie allemande. Je murmure à demi-voix : « Ce sera

JEANINE VIENT AVEC SA BONNE

très bien... ce sera très bien... » A ce moment, la vue d'une chevalière que je portais avant d'être malade détourne mon attention. Au moindre mouvement que je fais, cette bague glisse. Comme ma main a maigri ! En même temps l'écho des paroles précédentes retentit encore dans mon esprit : « Ce sera très bien, ce sera très bien. » Quoi? Qu'est-ce qui sera très bien? A quoi pensais-je?... La robe noire d'Amélie... Et puis?... Je

répète sur tous les tons : « Ce sera très
bien », en cherchant à me rappeler le
sens de cette phrase. Je vais y renoncer,
quand mes yeux rencontrent de nouveau : « On nous écrit de Vienne… » et je
tressaille en retrouvant soudain ma pensée, comme si elle avait été accrochée là
par le regard que tout à l'heure j'avais
jeté sur ces lettres.

V

PREMIERS TEMPS A DAVOS

Dans une galerie ouverte au midi, je
suis étendu parmi d'autres malades qui
me ressemblent. Il fait une de ces journées de juin où voyagent dans l'azur des
nuées lourdes d'orage. Mes yeux se
reposent sur le plancher lumineux que
l'ombre des balustres traverse obliquement, et, selon que le soleil se cache
ou reparaît, c'est toute ma distraction
de regarder mourir et renaître cette
ombre insaisissable.

Ma mère est auprès de moi. J'ai pour
voisins un ingénieur italien et un étudiant portugais. Puis ce sont d'autres
Portugais, un professeur russe, une
jeune Suédoise, deux Allemands, un
lieutenant d'artillerie français, d'autres
encore. Chacun d'eux a sur son visage
cet air de penseur que donne la maladie.

L'exaltation du départ, l'absurde
croyance qu'ailleurs on sera mieux se
sont éteintes au premier contact de
Davos. Ah ! partir ! La chambre où l'on
désespère se désassemble comme un
décor ; le prévu, le possible s'effacent.
Où est votre détresse ? Les choses se
sont déplacées, transformées, éclairées
d'une autre façon ; et, d'un cœur encore

anxieux et palpitant, on regarde, devant
soi, s'ouvrir à l'espoir une dernière
avenue.

Triste avenue et si vite close ! A Bâle,
au changement de train, comme je me
dirigeais essoufflé vers la salle d'attente,
la vue d'un pauvre diable que j'avais
aperçu la veille, à la gare de l'Est, plus
pâle, plus marqué, plus mourant que
moi, me serra le cœur. Il quittait un
compartiment de troisième classe et
portait une grosse valise. Je voyais la
saillie de ses os à travers son pardessus.
Il chancelait, épuisé, sans que personne
eût la pensée de lui venir en aide. Pauvre
diable ! Comme j'aurais voulu lui dire :
« Laissez cela, mon ami, je vais vous le
porter. »

Puis, c'est la chaise que le chef de
gare m'interdit de placer hors de la salle
d'attente irrespirable pour moi, l'arrivée
à Landquart, où se forme le train de
Davos ; la force nerveuse qui me soutient
encore et qui, tout à l'heure, va s'affaisser, le voile douloureux qui m'enserre
le cerveau, la montée à Davos ; Davos
lui-même, froid, sévère, une longue rue
bordée d'hôtels, avec des balcons qui
n'ont connu que des malades, la mort
partout suspendue : comme tous ces
détails ensemble me glacent encore
l'âme !

Ici, la nature ne s'accorde pas le
moindre loisir. Elle fait sa tâche, comme
elle le doit, sans se laisser distraire, avec
quelque chose d'exact, de ponctuel et
de discipliné. J'ai devant moi, fermant
l'horizon, le troupeau géant des sommets de l'Engadine, convulsion pétrifiée,
colère morte, sur quoi règne le bleu
silence du ciel. Par ces sommets, ma
pensée rejoint ce ciel, en qui se perdit
avant moi, le vain soupir de tant de poi-

trines oppressées, sur qui se fixèrent, de cette même place, tant de regards ardents qui ne virent rien descendre...

Il fait tiède dans cette galerie. On autres compagnons lisent ou se recueillent et n'ont pas l'air de songer à leur maladie. Comme l'officier semble intéressé par son étude de l'allemand !

entend le lieutenant français échanger quelques mots avec son voisin allemand, dont il apprend la langue. Par instants éclate une petite toux, vite réprimée. Mes

Comme la jeune Suédoise paraît savourer le roman qu'elle vient de commencer, et le professeur russe, ne dirait-on pas que cet après-midi ensoleillé absorbe toute sa rêverie? Et pourtant, derrière ces apparences diverses, tous, ils cachent la même préoccupation : à cinq heures, quand ils prendront leur température, sera-t-elle moindre ou plus élevée qu'hier?

L'ingénieur italien, mon voisin, construisait une ligne de chemin de fer en Turquie. Malade, il crut pouvoir durer un an encore. Il demandait trop à ses forces. Maintenant, il est trop tard ; il n'a plus aucune chance de guérir ; il le sait. Santos, un Portugais, si prévenant pour ma mère, faisait fortune au Brésil dans le commerce des diamants. Pour ne s'être pas arrêté dès la première atteinte du mal, qui sait s'il s'en relèvera? A quoi leur ont servi tant d'efforts pour s'enrichir? Aujourd'hui ils disent :

— Moi, je donnerais cent mille francs à qui me rendrait la santé.

— Moi, tout ce que j'ai. Je travaillerais, j'ai du courage, la vie ne m'effraye pas.

La vie, ce mot qui crie, ce mot aigu qui s'élance ; la mort, ce mot noir, ce mot inerte qui retombe, il faut les entendre sur ces lèvres pour en comprendre tout le sens. Maintenant, ceux qui parlaient se sont tus, ils songent aux actions peut-être belles qui étaient en eux et qu'ils n'accompliront pas ; ils songent à leur jeunesse, aux jours lointains où, riches de forces, ils croyaient ne devoir jamais mourir, et peut-être aussi aux soirs d'été trop lourds où leur petite sœur sautait à la corde dans le jardin et où, réfugiés dans leur chambre qui projetait sur le gazon un carré de lumière, ils rêvaient à celle qu'on ne connaît pas et qu'on attend, parce qu'elle tient dans ses mains toutes les chances de notre vie, à celle qui n'est pas venue, qui était là pourtant, en quelque endroit, à cette même heure, et, tournée vers eux dans l'ombre douce, les appelait... Ils revoient toutes les chères images qui dorment dans leur cœur, la vieille demeure entourée de glycines, où rentre voûté l'aïeul, auquel on dit chaque jour : « Faites attention, grand-père, il y a une marche. » Ils revoient le chemin familier qu'ils prenaient pour aller au lycée, le visage des maisons qui les ont vu passer, les bancs où ils se sont assis. Sans doute, d'un geste naïf et crédule, voudraient-ils tendre les mains vers ces immobiles témoins, amis de leur enfance, et leur dire : « Retenez-moi ! » Sans doute voudraient-ils crier à tout ce qui les entoure, aux arbres, aux pierres de la route, aux cloches qui sont si joyeuses : « Retenez-moi ! retenez-moi ! » Mais ils ne sont plus des enfants ; ils savent bien que ces choses insensibles ne les entendraient pas, que l'air ne serait pas déchiré par leur voix, que leur cri ne saurait assombrir le soleil ; ils savent bien que tout est vain, que l'heure avance, et ils se disent : « Qui sait? Je durerai peut-être plus que je ne le crois. »

Il en est qui ont confiance. Le docteur Spengler, pour fortifier leur espoir de guérir, leur cite le cas de cet Australien, M. Watson, et de M. Van Berghem, ce Hollandais, arrivés à Davos dans un état lamentable et qui, aujourd'hui, font de longues excursions sans fatigue et présentent l'aspect d'une santé recouvrée. J'ai interrogé M. Watson :

— Il y a longtemps que vous êtes à Davos?

— Huit ans passés.

— Et monsieur Van Berghem?

— Oh ! pas autant que moi, six ans seulement.

Six ans seulement !

D'ailleurs, parmi tous les malades

réunis dans cette galerie, en est-il deux
qui le soient d'une façon identique?
Chacun des maigres soufflets que l'air
va déplisser au fond de ces poitrines est
un jouet différent pour le mal qui
l'habite. Le soleil, dans dix ans, éclai-
rera peut-être celui d'entre
nous qui semble le plus
frappé, et le moins atteint
ne saurait dire s'il sera là
demain.

Voici l'heure du courrier.
C'est surtout des journaux
que le groom vient distri-
buer. Dès le premier jour,
j'ai été frappé par le peu de
lettres que reçoivent ces
malades. N'ont-ils pas de
parents? N'ont-ils plus
d'amis? Moi, du moins, j'ai
ma mère auprès de moi.
Mais eux, comme ils sont
seuls !

Que ceux qui croient à
la vertu de l'amitié expli-
quent pourquoi les confi-
dents des grandes douleurs,
les compagnons des longs
veuvages, les derniers témoins des vies manquées
sont presque toujours un
chien, un chat...

Cependant «l'homme aux
taches» s'est levé, une lettre à la main, à
laquelle il va répondre. C'est un Portugais
dont les habits semblent faire signe aux
taches.

Celles qu'on rencontre dans les rues,
les chambres, les escaliers, les plus
étourdies, les plus distraites, qui ne
savent où se poser, accourent toutes à ce
signe, ayant reconnu l'étoffe hospitalière,

le bon refuge où elles goûteront en paix
une vieillesse honorée.

Sa lettre à la main, il s'en va, escorté
de ses taches. Quand il est parti, son
compatriote Sandos, qui fait quelques
pas dans la galerie, me dit :

LES DERNIERS TÉMOINS DE VIES MANQUÉES

— Quelle mine il a, ce pauvre garçon !
Il est bien condamné...

Ce matin même « l'homme aux
taches » m'avait confié :

— Ce pauvre Sandos, il est perdu !...

Les jours passent. Mes voisins m'af-
firment : « Vous allez mieux. L'air de
Davos vous réussit. » Chaque matin, je
fais une courte promenade. Parfois, dès

les premiers pas cherchant en moi un signe de faiblesse, un indice de fatigue étonné de ne pas les trouver, je me demande : « Est-ce bien toi qui est là, qui marches comme autrefois? Est-ce

LAS ET VOÛTÉ

toi qu'on prendrait pour un homme valide? Est-ce possible? Qu'y a-t-il de changé dans ta vie? N'es-tu pas le même qu'avant ta maladie? » Plein de surprise et de crainte, j'avance : « Cela va venir, ne te réjouis pas ; cela va venir... Tout à l'heure, au croisement de la route, à cet arbre, à cette borne, à ce banc, tu vas éprouver le malaise, l'étrange défaillance que tu connais si bien. » Mais, chaque pas que je fais, égal et léger, augmente en moi l'impression de mes forces reconquises ; et c'est avec une joie moins timide et déjà rassurée que je me répète : « Est-ce toi? Est-ce bien toi ? Est-ce possible? » Et puis... et puis... le moment tant redouté vient toujours... Il vient toujours... L'arbre dépassé, le banc atteint, voici que la main retardataire se pose sur mon épaule à la faire fléchir : « Halte! Où vas-tu donc ainsi? C'est moi le mal ; je suis là. M'avais-tu donc oublié? » Et l'âme défaite, l'espérance éteinte, las et voûté, je m'en reviens.

Mon voisin de droite, l'étudiant portugais, est parti. Est-il parti? Est-il mort ? Ici on ne sait jamais si les gens sont partis, ou s'ils ne sont plus. C'est une Française qui l'a remplacé, madame Aublay, qu'accompagnent sa mère et son mari. Elle doit être très atteinte, car sa poitrine souffle et semble creuse étant si sonore. En elle, quelque chose de pâli, d'effacé, d'effeuillé et d'infiniment doux force tout de suite l'intérêt. Les cheveux blonds, que son extrême épuisement blanchit à quarante ans, lui font une terne parure d'argent dédoré. Elle a dû être particulièrement belle, et ce qu'on devine, le peu qui subsiste de sa beauté à la mélancolie d'un parfum éventé que quelques gouttes, au fond d'un flacon, rappellent faiblement. Comme il y a de grâce rêveuse dans ce visage, à ce point dépouillé de jeunesse, encore charmant et si étrangement éclairé ! Il semble que la vie, déclinant en elle, n'ait plus la force que de l'effleurer d'un rayon oblique, à la façon d'un soleil qui s'en va.

Nous sommes vite devenus amis. Elle vient chaque jour quelques heures dans la galerie ; son mari me la confie :

— Ne la faites pas trop causer. Elle n'est pas toujours raisonnable, et après, elle a un peu plus de fièvre.

M. Aublay est banquier. Il a dû abandonner momentanément ses affaires pour suivre sa femme qu'il entoure des plus tendres soins.

— J'ai quelques lettres en retard auxquelles je vais répondre. Soyez raisonnables, tous les deux. Je peux compter sur vous?

Elle promet, elle est sincère ; elle a bien l'intention de ne pas se fatiguer, de ne pas élever sa fièvre ; et puis, dans la causerie, elle s'anime, ses joues se colorent, elle ne sait plus s'arrêter. Sa mère et la mienne sont ensemble dans quelque salon de l'hôtel, occupées à se confier mutuellement leurs anxiétés ou leur espoir, selon ce qu'a dit le médecin la dernière fois qu'il est venu. Madame Aublay s'interrompt :

— Je dois être rouge. Si mon mari me voyait ou ma mère !... Tâtez mes mains. Je n'ai pas trop de fièvre?... Je n'ose plus prendre ma température.

Une toux humide la secoue, dont le bruit rauque me fait mal à entendre. On sent qu'elle se retient de cracher par pudeur. Je détourne les yeux pour ne pas

la gêner, et je ne sais pas si précisément je ne la gêne pas davantage par cette marque de discrétion.

— Ne causons plus. Tout à l'heure vous serez grondée et moi aussi. Soyons raisonnables.

— Ah ! ne jamais se permettre rien de ce qui vous ferait plaisir ! Toujours s'abstenir ! toujours se priver ! Vous pouvez supporter cela, vous?... Si je suis fatiguée, ce soir, du moins, j'aurai eu un peu d'agrément.

Un jeune chien colley de race pure ne la quitte pas. En tournant vingt fois sur lui-même il s'entraîne à dormir en rond sur le plancher tiède. Mais, soit que l'ombre l'ait rejoint, soit qu'il sente plus dure la place qu'il a choisie, il arrive qu'avec un parfait sans-gêne il saute, à l'improviste, sur sa maîtresse et s'installe commodément sur ses genoux. Je me demande comment cette faible créature peut supporter ce choc et ce poids. Elle, souriante, caresse son poil fauve.

— Oh ! j'y suis habituée. Il sait s'y prendre et s'installer de façon à ne pas me faire de mal. Vous n'imaginez pas comme il est intelligent ; c'est si affectueux, c'est si dévoué...

— C'est même uniquement par affection qu'il choisit cette place commode. Il est tout à fait désintéressé.

— Tout à fait désintéressé, oui, monsieur. C'est pur dévouement de sa part. Et puis, qu'est-ce que cela fait? Il ne faut jamais chercher le mobile, le ressort caché. Acceptons les apparences. Est-ce qu'il ne vous est pas arrivé le soir, dans la campagne, d'entendre un son de flûte triste qui sort de quelque vieux mur? Vous appliquez-vous à savoir quel gosier émet cette note si charmante, si musicale? Tenez-vous à découvrir avec répuguance quelque crapaud caché entre deux pierres? Écoutons le son de flûte. Ne cherchons pas le crapaud.

Certes, elle ne cherche pas le crapaud.

Elle se refuse à voir, chaque jour, son visage plus défait et sa poitrine plus creuse. Son corps si maigre cesse de dissimuler le squelette qu'il contient ; et elle fait des projets, elle est pleine d'espérance, elle parle de sa guérison, de sa villa de Nice où elle passera l'hiver et où elle voudrait me recevoir. Elle ne sent pas la main que je sens sur mon épaule, elle n'entend pas la voix qui me dit : « Halte ! je suis là. M'avais-tu donc oublié ? »

Hier, elle n'est pas venue dans la galerie. Le médecin l'a retenue au Ma mère, qui est allée lui rendre visite, m'a dit au retour :

— Ce pauvre monsieur Aublay, de quelles prévenances il l'entoure ! Quelle triste situation pour cet homme d'assister dans une chambre d'hôtel à l'agonie de sa femme !

Elle me dit cela comme elle dirait : « Quel triste sort pour une mère de voir son enfant malade ! » Sans doute, c'est triste pour le mari, pour la mère ; mais pour les malades eux-mêmes, n'est-ce pas plus triste encore !

VI

LA MORT DE MADAME AUBLAY

Comme je quitte ma chambre, ce matin, je vois courir la fille de service vers l'appartement de madame Aublay dont elle sort bientôt avec précipitation ; et, dans ce couloir si calme à toute heure, ce va-et-vient rapide a quelque chose d'insolite qui me frappe.

— Qu'y a-t-il, Élise? Rien de grave, j'espère.

— Non, non, monsieur, me dit-elle d'une façon hâtive et embarrassée qui me persuade aussitôt le contraire.

A ce moment, par la porte restée entr'ouverte, la mère de madame Aublay m'aperçoit. Je me suis arrêté d'instinct devant son visage bouleversé, tandis qu'elle vient à moi, ne sachant trop ce qu'elle fait, et me prend la main.

— Ah ! monsieur, c'est fini ! Elle a fini de souffrir à l'instant même ; la pauvre enfant est au ciel...

Je l'écoute avec un saisissement qui m'ôte la vue de ce qui m'entoure. Je ne vois plus ses traits altérés, l'espèce d'exaltation qui la possède, ni la porte que je franchis machinalement conduit par elle. Je ne vois, je ne sens, je ne me rappelle qu'une chose : c'est que, cette jeune femme, je l'ai quittée hier dans ce

couloir. Elle s'était levée. Elle allait mieux. Je l'ai reconduite jusqu'à sa porte. Elle souriait ; elle m'a dit au revoir ; et ce matin elle est morte... Elle était debout ; elle marchait comme je marche, et, ce matin, elle est morte...

Sur son lit, la voici étendue. C'est elle qui est là, que je retrouve, à peine plus pâle que d'ordinaire, la tête seulement un peu rejetée en arrière comme une coupe renversée.

Que la mort fait donc peu de bruit ! Le silence qui est à la fin de tout s'est installé là, et je demeure sur le seuil, fasciné par la grande, la terrible, l'insondable énigme. Pauvre petite créature de douceur et de mélancolie ! Elle est encore pareille à elle-même, et ce n'est plus qu'une enveloppe vide qui fait illusion, comme ces vêtements qu'on quitte conservent un instant la forme et la chaleur du corps.

Les sentiments que l'on éprouve là sont impuissants à s'exprimer. On se répète : « C'est fini », et c'est toujours la même stupeur. Quel faible tressaillement en passe dans la page? Rend-elle notre trouble, la déroute de notre esprit et l'horreur qui nous glace lorsque le fléau frappe si près de nous, laissant après lui, dans la chambre, sa menace suspendue? Nous nous tournons de tous côtés, étonnés de l'immobilité de l'air, que cette catastrophe n'a même pas ébranlé. Quelle ombre s'est répandue? Comment cela s'est-il fait? Que se passe-t-il? Que se passe-t-il quand la mort accomplit son œuvre et que la matière animée en une seconde, se métamorphose en loque?

Cette chose qui remuait ne bouge plus. La merveille est détruite. Maintenant, on peut crier, ces oreilles ont cessé d'entendre. On peut sangloter devant ces yeux grands ouverts. Les petites lampes intérieures en sont obscures désormais. La nuit s'est faite derrière ce front. De ce visage, le sourire vient de s'effacer ; et tout s'est effacé, les épreuves, les chocs ressentis, la méditation, le rêve...

C'est fini. Les puissances de la vie ont rempli leur tâche. Elles ont défendu cet être sourdement dans toutes les parcelles de sa substance, fibre à fibre. Elles se sont retirées, et l'œuvre continue en sens inverse. Heure par heure, avec la même lente patience qui avait mis vingt années à composer, à former, à développer ce corps, les puissances contraires vont insensiblement le déformer, le désagréger, le dissoudre. Hélas ! la fonction uniforme, aveugle et machinale de la nature, n'est-elle pas de faire et de défaire ?

Arrêté sur le pas de la porte, je contemple une dernière fois ce visage dont les traits vont se figer en se refroidissant. Mais surtout, je ne puis détacher mon regard de l'une de ses mains que le mari agenouillé tient contre son front ; cette petite main fine, encore souple, encore chaude, dont la fièvre s'apaise à peine, cette petite main ardente en train de s'éteindre.

La seule façon d'honorer les grandes douleurs est de se taire. A quoi suis-je bon ici ? Le sentiment de mon inutilité m'incite à me retirer.

Je suis sorti.

Quelle paix dans ce couloir ! Quelqu'un avec patience attend l'ascenseur, et l'escalier que je descends est gravi sans hâte par une femme qui lit une lettre. Dehors, c'est la chaleur d'une belle journée d'été. J'aperçois dans la galerie centrale, au soleil, des malades ayant bonne mine, étendus sur leurs chaises longues, en des attitudes de paresse. Deux jeunes gens passent qui plaisantent en se montrant une épreuve photographique. Alors, quelque chose me serre l'âme. C'est cette sensation pénible qui nous étreint chaque fois qu'en proie à une vive émotion, nous découvrons autour de nous la lumière, les promeneurs, l'univers mouvant et distrait.

Où vais-je ? En moi, un peu d'hébétude subsiste. La seule action de me mouvoir m'emplit d'étonnement. Pour me ressaisir, je me dis : « Toi, tu existes, tu respires, tu vois encore la douce lumière du jour. » Une pitié immense m'envahit pour celle qui n'est plus. C'est fini. Cette combinaison d'éléments, dans cette proportion particulière qui fait la personnalité, jamais ne se reproduira. Jamais ! Cela est détruit et moi je vis ! Alors, jaillies du fond obscur de mon être, une sorte de triomphe égoïste, une sauvage allégresse me soulèvent. « Moi je vis ! moi ! moi ! moi ! »

Réjouis-toi. Dépêche-toi de savourer ton triomphe. Tu es là encore, c'est vrai ; tu es debout, tu marches, tu vis. Mais pour combien de jours, pour combien d'heures ?

Ah ! qu'emporté par une action héroïque, on coure à sa fin d'un élan magnifique et insensé, le fait s'explique par l'ivresse momentanée des facultés. Moi-même, dans certaines circonstances, selon certains états de la passion ou du désespoir, j'ai pu souhaiter périr sur l'heure. Mais quand on quitte ces rares sommets où l'individu perd le sentiment de sa conservation, quand on est rendu à la froide logique, la mort nous apparaît telle qu'elle est réellement : le plus grand des maux. Et surtout, au centre normal de la durée humaine, à mi-chemin d'une destinée déjà si brève, à l'âge où parlent le plus fort toutes les frénésies de connaître, de comprendre et de vivre qu'on porte en soi ; alors, alors quel vertige vous prend, à voir soudain, ouvert sous

je me rends compte de mon impolitesse.

La route que je suis passe devant l'hôpital et souvent m'a conduit jusqu'à un vieux banc amical, dans un site peu fréquenté, où ne s'entendent que des

JE CONTEMPLE UNE DERNIÈRE FOIS CE VISAGE

vos pas, le grand trou d'ombre ; comme je cœur bondit en arrière, comme il se rétracte, comme il se cabre, comme il refuse de se briser !

Quelqu'un qui me croise me salue. Je me dis instinctivement : « Cet homme qui me salue, c'est le docteur. » Mais, tel est mon désarroi moral que je garde mon chapeau sur la tête, et c'est seulement lorsqu'il est trop tard pour la réparer que

sonnailles lointaines et le grincement régulier d'une scierie proche, pareil à un bruit de déchirure.

Face à l'hôpital, de l'autre côté de la route, s'étend, enclos de barrières blanches, le petit cimetière des étrangers. Jamais je n'y étais entré jusqu'à ce jour et mes pas, aujourd'hui, m'y conduisent naturellement. J'ai poussé la porte blanche. Quelle étrange impression d'au

tomne me saisit tout à coup ! Le jour qui
baigne ces tombes n'est pas le même qui
se répand sur la route, l'hôpital, ces
prairies, ces montagnes. Dans l'intérieur
de cet enclos tombe une clarté spéciale.
Par un effet de la mort qui l'habite, il
émane de ce lieu le charme sourd, infiniment émouvant dont nous enveloppe la
plus lumineuse journée d'octobre, la plus

douloureuse poésie qui dans ce petit
champ funéraire persiste et saisit l'âme
si fortement? C'est que là ne reposent
que des enfants, que des destinées ina-
chevées. La mort, en glaçant ces fronts,
n'y a pas trouvé de rides. Il n'y a
ici, sous cette terre, que des sourires
morts.

John Fischer, 20 ans! Wilhelm, 22 ans!

LE CIMETIÈRE

DES ÉTRANGERS

tranquille, la plus muette, où le soleil,
penché sur l'hiver, n'éclaire pas seulement, mais semble se souvenir.

Pourtant, ce ne sont là que marbres
trop riches, colonnes tronquées, statues
même, tout ce luxe de mauvais goût qui,
dans les cimetières des villes, refroidit
le passant, lui ôte ce sentiment d'obscure
sympathie qu'inspire si bien ailleurs,
dans n'importe quel village, un nom
inconnu, lu sur une simple dalle.

D'où vient alors cette inexprimable et

Sonia, 20 ans! Pauvres petits que la
nature a repris avant l'heure ! *Fritz, Lisa,
Antonio, Pedro Suarez, Margarita Perosi,
Giuseppe Artemonte, Valentin...* Encore
des marbres et des colonnes. Et pas une
fleur sur ces tombes. Rien que des cou-
ronnes blanches ou bleues, rien que des
objets un peu plus durables qu'on
achète une fois pour toutes et qui,
détruits par le temps, ne seront pas
renouvelés. Et cela, cette absence de
fleurs, ajoutée à la poésie du lieu, a

quelque chose de morne et d'une grande puissance mélancolique.

Pauvres enfants ! Ils sont venus de la lointaine Australie ou de la brûlante Espagne, de toutes les parties du monde, comme à un mystérieux rendez-vous ; et maintenant, frères par le même destin, ils dorment là côte à côte. Derrière la vitre du train ou sur le pont du paquebot, ils tendaient la poitrine et refusaient d'entendre en eux, comme un ruisseau pressé, leur vie qui s'écoulait... Ils avaient l'espérance. Et toutes ces espérances ne sont plus sous mes pas qu'un peu de terre dans la terre...

L'horreur de leur fin dans une chambre d'hôtel, au milieu d'étrangers, sans un ami, sans un parent peut-être, je l'évoque. L'âme de ce lieu débordant de mélancolie, comme elle me pénètre ! Nulle part je n'ai éprouvé ce sentiment d'irrémédiable abandon, de définitif oubli que je goûte ce matin, dans ce blanc petit cimetière d'exilés.

Des cœurs que leur cœur a appelés, des êtres auxquels ils ont fait du mal ou du bien, dont le devoir était de pardonner ou de se souvenir, aucun ne fut présent quand leur yeux se fermèrent, et si un poète n'était passé par là, les pierres froides qui les recouvrent n'eussent pas reçu le baiser fraternel que ma tendre piété y dépose ce matin.

J'ai refermé sur moi la frêle barrière de bois. Comme il fait doux ! Lentement, je m'achemine vers le vieux banc qui est le terme habituel de ma promenade. Il me reçoit avec sa sympathie accoutumée. Combien de ces jeunes malades, aujourd'hui couchés là-bas dans le blanc petit cimetière, sont venus s'asseoir sur ce banc vétuste, balancer leurs jambes au soleil comme je les balance et prendre pitié d'eux-mêmes en considérant à leurs pieds leur ombre chaque jour réduite ! Leur fièvre, leurs regards désespérés à ce paysage, l'angoisse de leur lente agonie, ce qu'ils ont laissé là et s'y est endormi s'éveille à mon contact, me compose une atmosphère funeste qui empêche mon esprit d'échapper à l'obsession de la mort.

Devant moi, se déroule le panorama des cimes sévères, solennelles et si étendues, qu'il fait songer à l'immense solitude des eaux. Des troupeaux paissent dans les prairies d'en dessous qu'on ne voit pas.

C'est de là que monte ce tintement continu de sonnailles qui semblent roulées par quelque ruisseau éloigné et dont la chanson monotone voudrait endormir ma misère. Le bruit de la scierie déchire l'air et se tait. Rien d'autre ne trouble ma rêverie. Et comme poussés par le vent des zones supérieures, de petits nuages, interceptant la lumière, élargissent sur le paysage de vastes ailes d'ombre, je m'intéresse une minute à cette formation soudaine de grands morceaux de nuit qui se mettent à glisser lentement sur l'herbe ensoleillée. Alors, un peu engourdi sur mon banc, vêtu de clarté chaude, une molle volupté me pénètre.

Hélas ! que je suis bien ici !..

VII

L'AUTOMNE

Voici l'automne qui détruit l'été.

La lumière baisse par degrés comme si un ouvrier patient éteignait, un à un, les innombrables lustres qui font l'éclat d'août. On voit la nuit prendre les jours dans son étau et graduellement les réduire.

De petites sources de froid jaillissent dans l'air par surprise.

DEVANT MOI

SE DÉROULE LE PANORAMA

A chaque seconde, il y a partout quelque chose qui craque et se découd. On n'entend plus les oiseaux.

L'automne, je le vois, je le sens si bien, avec une émotion si étrange... C'est qu'il est en moi... Quand les arbres s'éclaircissent, on voit apparaître, çà et là, dans les branches, quelque nid de pie que masquait, en juillet, l'épaisseur du feuillage ; on découvre dans les buissons dégarnis

l'asile du loir ou la cachette du lièvre. Ainsi ma force qui se défait me dévoile et, entre ces lignes, mes défauts, mes traits intérieurs, mille choses que je devrais taire doivent se révéler dans toute leur vérité... L'automne partout, à cette heure, délivre l'ombre et le secret que l'été maintenait captifs au cœur des bois profonds. Il me semble que ce même travail simple, irrésistible s'accomplit en moi... Quand, sous la voûte disjointe et morcelée de feuilles on circule à découvert, cet instant pour l'âme n'est indiciblement émouvant que parce qu'il nous offre l'image de ce qui se passe ou se passera en nous. Est-ce que ce n'est pas là l'impression qui m'attend lorsque je clos les yeux au dehors pour les ouvrir au dedans de mon être? Dans mon insensible destruction, je ne veux voir pas plus de laideur que ne m'en montre la nature. J'enferme en moi le même désastre.

Aujourd'hui, il ne fait pas de vent, et les feuilles tombent sans bruit. Avec ce petit mouvement sec et délicat que leur imprime la main invisible qui les détache, elles quittent leur branche une à une et, mollement, en lente spirale, descendent vers le sol. Tout ce qui se dénoue et se rompt ainsi sous mes yeux, l'air soyeux qui m'environne, la paresse inaccoutumée des aspects, peu à peu affaiblissent ma révolte. Je voudrais m'oublier un instant et m'imaginer, avec un sentiment poétique et doux, que je suis un arbre qui se dépouille.

Ah ! qu'octobre me plairait dans n'importe quel village de cette belle province basque où Paul me convie dans ses lettres ! Comme j'aimerais me promener à petits pas dans des allées pleines de dorure et de mélancolie ! Comme j'aimerais, me semble-t-il, même les jours de petite pluie sourde qui vous exilent dans votre chambre ! Autrefois, par ces temps-là, je courais dans les bois odorants et mouillés. Cela m'est interdit désormais ; et si je retournais dans ce pays, rentré à la première ombre, je regretterais jusqu'à cette saveur poudrée du brouillard qui tombe le soir et qu'on respire quand on s'attarde dans le fond des vallées. Pourtant, étendu devant ma fenêtre, je verrais entrer le crépuscule, je jouirais de l'heure, de la molle atmosphère, de l'air qui fraîchit à peine et sent la feuille brûlée, je jouirais surtout de ces voluptueux silences de là-bas dont on ne sait s'ils descendent du ciel ou s'ils montent de la terre, de ces beaux silences tristes devant lesquels on a envie d'ouvrir les bras et on se retient de pleurer.

Chaque jour, le train qui part de Davos emporte ma pensée. Impatient, je hâte le voyage, évoquant déjà tel arrêt à Poitiers, qui sera toujours pour moi un large quai sonore, désert, plein de lumières, où l'on est réveillé au milieu de la nuit par le lent coup de marteau de l'homme qui frappe, l'une après l'autre, les roues de chaque wagon. Puis, Bordeaux dépassé, ce sont les Landes que j'évoque, les Landes dont le nom morne reflète si bien la morne étendue, et toutes ces petites localités que le train brûle, qu'on ignore, où l'on ne s'arrêtera jamais. Ah ! que je voudrais rendre, tel que je le retrouve en moi, le charme délaissé de ces petites gares du Midi, où l'air dort lourdement comme l'eau d'un étang, à peine remué, à peine ridé par le passage de ces trains importants et pressés ; que je voudrais dire leur humilité, leur goût d'ennui, de soleil et de poussière !...

Il y a, contre un vieux mur, à Véra, deux faibles saules penchés sur une fontaine auxquels je ne puis penser sans un irrésistible attendrissement. Il y a, sur la plate-forme du château de Jeanne la Folle, à Fontarabie, un vieux parapet de pierre qui porte mon nom gravé là, un jour, par une petite amie dont j'habitais le cœur. Que d'heures j'ai passées, dans une immobilité qui rassurait les lézards eux-mêmes, à rêver sur cette terrasse !... Mais comment dire par quoi ces endroits me charment, ce qu'ils éveillent en ma mémoire et toute la parure qu'y ajoute mon regret? Comment expliquer cette brusque palpitation, ce trouble nostalgique que leur souvenir me donne? Comment faire entendre, par exemple, le petit choc que je reçois lorsque Paul, dans une lettre, me dit que la porte du vieux parc d'Irun est désormais close?

C'était au milieu d'un assez long mur monotone, une porte entr'ouverte devant laquelle on passait sans curiosité. L'ayant poussée une fois, nous fûmes surpris, en quittant le violent soleil de la route, par un éclairage glauque, un jour d'aquarium, la plus merveilleuse solitude. Une fraîcheur qui semblait venir du plus profond des âges tombait sur nos épaules, tandis que nous jouissions de cette vision inattendue au milieu du mouvement de la ville, de cette immobilité des choses plongées dans un sommeil léthargique par quelque génie mystérieux. Mille réminiscences des contes de Perrault assaillaient notre esprit. On eût dit que les arbres, de toutes leurs feuilles arrêtées, dormaient ainsi depuis des siècles. Quelque chose d'imperceptible à qui n'eût pas été poète nous faisait signe de nous taire, comme on met un doigt sur ses lèvres, et nous avions l'impression que si nous faisions un pas, l'air lui-même nous opposerait cette résistance élastique et fluide que rencontrent les jambes quand elles avancent dans l'eau. En sorte qu'avertis de toutes parts que notre présence était insolite et presque offensante pour ce lieu, nous éprouvions un mélange savoureux d'inquiétude et de ravissement. Comment faire entendre ce que j'éprouve à l'idée qu'elle est close désormais, la porte de ce vieux parc?

Le pouvoir de certains lieux sur notre imagination est inexprimable. Passé ce vieux village qui porte, résigné, ce nom si délicieusement éteint Urrugne, je revois la Croix-des-Bouquets, le sommet d'une route montante qui redescend vers Béhobie et l'Espagne. C'est le centre d'un paysage magnifiquement sauvage, creusé à droite par l'Océan mouvant, couleur d'azur ou de nuage, soulevé à gauche par les Pyrénées, d'une immobilité oppressante. Paysage aux lignes fortes, toujours harmonieuses et parfaitement nobles, dont l'accent un peu tragique est surtout sensible après les heures d'enivrante lumière. A cette place, on prend mieux possession de la terre basque. On marche là sur son cœur même. Mieux qu'ailleurs, on sent là qu'en ce pays fier et roux et d'un parfum si triste, il y a un sombre et attirant secret.

Route d'Espagne qui redescend et court dans sa hâte de connaître Grenade, Séville ou Cordoue, ces cités fortunées aux noms d'or et de soie! Route d'Ollette! Blanches routes qui me sont chères! Route d'Ascain! C'était, celle-ci, ma promenade de prédilection, surtout en ce moment de l'année, quand le soleil un peu baissé et affaibli vous frôle l'oreille, comme un brin d'herbe tiède, et que l'air est traversé par le bourdonnement las des dernières guêpes. Les feuilles touchées par le froid des nuits commencent à se dessécher, et sur le sol, creusé d'ornières, où traînent des reflets de cuivre pâle, j'aimais lire dans mon ombre déjà allongée l'indication que nous entrions dans la saison du silence.

Un peu après le passage à niveau s'élève un petit bâtiment qui sert d'abattoir. Nous jetions, Paul et moi, un regard curieux au boucher qui, au fond de son repaire, aiguisait son couteau d'un geste innocent et plein de contraste avec sa face rasée et sinistre de moine espagnol. Au-dessus, il y avait toujours quelque milan, qui planait, qui glissait les ailes étendues sur les plaines vides de l'air,

LA PLUS MERVEILLEUSE SOLITUDE.

Le Roman du Malade   35

avec une grâce royale. Cela me distrayait de regarder la route où j'ai longtemps marché avant de la connaître. Passant

AU FOND DE SON REPAIRE

petites mares inertes, ces flaques d'eau morte? Poison des marais ! Agréable et pernicieux malaise qui, depuis le jour où je le subis, me ramena souvent vers cette région désenchantée. Une sorte de langueur, quelque mollesse dans les jambes, un plaisir un peu rêveur et fatigué m'y retenaient, pendant que le soleil s'éteignait, que tout à mes yeux se faisait livide et prenait une expression d'extrême découragement. Qu'y avait-il là de subtil, d'équivoque et de si puissant que j'en ressens encore l'influence aujourd'hui ? Pourquoi cet accord intime entre ce lieu et mon être ? Quand je croyais que le pressentiment ne m'avait pas effleuré, je me trompais. Ma disgrâce présente, c'est ici qu'il en fallait voir le signe, le présage, dans ce léger étourdissement, cette absence d'énergie, cet état mol et lâche qui m'empêchaient de m'éloigner. Mes forces faiblissantes me suggéraient une image de mon destin que mes yeux infirmes n'ont pas su discerner.

Car, c'est le mal déjà installé en mon être qui se complaisait au milieu de ces sables, de cette réduction de langue,

indifférent, porté par elle, je croyais ne savoir que faire de mon loisir, et je ne m'aperçus pas de la façon insensible dont elle m'ensorcela. Me prit-elle par ces marécages qui s'étendent à droite, ces d'où montait vers moi, avec une odeur sournoise d'eau corrompue, un enveloppement perfide de maladie et de mort.

VIII

DERNIER JOUR A DAVOS

Je quitte Davos, c'est décidé. Colline, consulté, approuve le choix que j'ai fait de Val-Roland, petite station d'été, si calme, si reposante l'hiver, petit plateau ensoleillé qui surplombe la vallée de la Nive, sur la ligne de Bayonne à Saint-Jean-Pied-de-Port. Paul m'écrit : « Va pour Val-Roland ! J'en suis. » Nous devons le prendre à Bordeaux, au passage. C'est demain que nous quittons Davos.

Voici donc mon dernier jour de cure dans cette galerie. Les stores sont à demi baissés. Il fait tiède, bien qu'on soit à la fin d'octobre. Le paysage des cimes, les détails des maisons, des routes, des prairies éparses devant moi, toutes choses que je ne voyais plus, se recolorent sous mon regard. Je suis doucement ému. Ce temps délicieux et la sensation que demain je ne serai plus là m'amollissent le cœur. Je réalise enfin mon souhait et je le regrette un peu.

Quand j'ai dit à mon voisin, l'ingénieur italien, que nous partions, il ne voulait pas le croire :

— Comment, vous partez ! L'air de Davos qui vous fait tant de bien !... Ce n'est pas possible !...

Le professeur russe qui nous entendait se récria :

— Vous partez ! Allons donc ! En pleine cure ! Où serez-vous mieux qu'ici ?

Sandos s'est levé. Il m'a pris familièrement et presque affectueusement par le bras :

— Ne partez pas. Vous n'êtes pas guéri. Restez donc ; restez avec nous.

« Restez avec nous ! » C'est ce qu'ils me demandent tous gentiment, en ajoutant que je vais leur manquer. Courtoisie des paroles ! Comme elles me touchent ! Comme je suis sensible à ces protestations sympathiques ! Ces compagnons, ces camarades d'épreuve, les reverrai-je jamais ? Ils m'étaient à peu près indifférents hier, et, parce que je vais les quitter, ils me deviennent presque chers.

Certainement, je m'étais un peu attaché à eux sans m'en douter, comme je m'étais attaché à cette galerie, à ce lieu, à ces tièdes après-midi salubres et dorées. Mon regard attendri embrasse ces choses. Je me laisse pénétrer par elles. Ce n'est pas assez que tout se recolore sous mon regard ; la pureté de ce ciel, la paix, l'ampleur, la beauté de ce qui m'entoure me sont comme une révélation.

J'oublie l'ennui des longues journées, ma nostalgie des contrées méridionales, mes sensations d'exil. Tout ici, aujourd'hui, me semble aimable et me retient.

C'est que, sans doute, pour exciter toute notre sensibilité, pour éveiller notre attention totale, pour nous émouvoir pleinement, il n'est en toutes choses que deux moments : celui où elles commencent, celui où elles finissent. Rien n'égale la lumière de la *première* et de la *dernière* fois.

Et puis, il semble que tout ce que nous allons quitter, que nous ne reverrons plus, s'ouvre jusqu'au fond et nous livre un aspect ignoré, une beauté non découverte ou méconnue. Tout ce que nous perdons, notre âme le rappelle, voudrait le ressaisir. Combien d'objets médiocres et qui nous ont déçus se changent en merveilles dans le moment qu'ils s'éloi-

gnent de nous? Les êtres doués d'un peu d'imagination surtout sont dupes de ce jeu cruel qui fait qu'une chose se rapetisse dès que nous la possédons, et grandit dès que nous ne l'avons plus.

« Ne partez pas! Restez encore; restez avec nous. »

Doux écho persistant des paroles que je viens d'entendre! Étendu sur ma chaise longue, la causerie de mes voisins me trouve distrait et un peu triste. Je songe : « Comme je suis bien là ! comme je m'y plais ! » Et, demain, je n'y serai plus ; je n'y serai plus jamais. Faut-il partir? Ai-je raison de partir? Que faire?

Mélancolie des départs! Doux malaise! Perplexité délicieuse!

Et ce cœur lourd que je connais si bien! Car s'il est quelque chose que je connaisse bien en moi, c'est mon cœur ; et pourtant, je ne connais pas toute ma tendresse. Si l'homme qui m'est le plus antipathique courait un danger sous mes yeux, hésiterais-je à lui porter secours? Si l'être que je crois haïr le plus venait me tendre la main avec sincérité, avec simplicité, saurais-je lui refuser la mienne? Comme il faut peu de chose, un simple mot, un sourire de paix, un geste affectueux pour que mes rancunes tombent! Enfant, écolier, quand j'avais à me plaindre d'un de mes camarades et que je m'excitais à le détester, n'entendais-je pas une petite voix intérieure qui me disait : « Va, mon bonhomme, prends de fiers engagements envers toi-même,

Cela n'empêchera pas qu'à la première occasion tu seras heureux de lui prêter ton dictionnaire ou de l'aider dans sa composition d'histoire. » Je me reprochais comme une lâcheté d'être si tendre. J'en étais désespéré. Et tendre je suis resté.

Jamais je n'ai pu me lasser de mes amis, quoi qu'ils m'aient fait. Je les aime jusqu'à en être dupe. Telle de mes façons d'agir à leur égard est contraire à mes intérêts, je le sais, risque de leur déplaire et en tout cas ils ne m'en sauront aucun gré.

Mais c'est la seule que me dicte la pure affection, et alors que m'importe !... Ma part de chance, ainsi, par fractions, je m'en suis dépouillé à leur profit. Je vois cela très clairement, je me le dis et je le fais quand même. Quelle force me conduit, plus douce, plus persuasive, plus puissante que la raison ! Je n'ai jamais su résister à cette impulsion naturelle qui me porte à aimer.

Parfois, ma mère me dit : « Tu n'es bon qu'envers ceux qui te plaisent. » Cela prouve que je ne suis pas meilleur que la plupart des hommes. Dans la dure vie quotidienne, avec ses heurts et ses conflits, c'est une faiblesse que de se montrer trop sensible, trop perméable ; et le garçon le plus doux peut être amené à se défendre. Mais jamais je ne me suis senti moi-même, jamais je n'ai retrouvé ma vraie nature comme dans la confiance, l'abandon, l'amitié.

Je ne puis entendre le récit d'une belle action, non pas retentissante et glorieuse, mais simplement d'un acte de bonté, de pardon ou d'amour, sans me sentir l'âme enivrée. Le dévouement, le sacrifice, tout ce qui est généreux, chevaleresque, retentit en moi et me soulève d'allégresse. Le grand homme que j'admire, je l'aime avec transport, si je découvre que quelque chose bat dans sa poitrine.

D'avoir surpris, à certaine noble minute, le visage bouleversé d'un homme que je croyais insensible et sec, quel élan me porte vers lui !... Que de fois me suis-je senti léger, léger et le jour m'a-t-il paru embelli, parce qu'une chose juste concernant des êtres que je ne connaissais point et que je ne verrais jamais venait de s'accomplir ! Et, parce que d'un geste brusque j'avais éconduit un pauvre, ne m'est-il pas arrivé d'être triste?

Ah ! tendre ! tendre ! Il y a longtemps que j'en ai pris mon parti. Sur ce cachet que je porte à mon doigt, n'ai-je pas fait graver cette devise : *Je ne crains que mon cœur?*

Autour de moi, on parle ; on me parle ; et je continue d'être distrait. J'assiste pour la dernière fois à la féerie du jour, en ce lieu. Je suis la marche insensible de la lumière qui décline. Pour quelques instants encore la chaleur prolonge mon bien-être.

Demain, je prendrai ce train, qui, si souvent, emporta ma pensée. Dans deux jours, je serai plongé dans l'atmosphère douce et ouatée de la côte basque. Déjà, je me vois installé dans une petite maison, semblable à cette maison rose, si paisible, si charmante, que nous avons découverte dans un jardin planté de lauriers, un matin, avec Paul, en revenant des bois de Fagos. C'était en janvier, par un de ces chauds vents du sud qui apportent à ce pays toute la parure et tous les parfums de l'Espagne. Le soleil, mieux qu'un regard de femme, nous engourdissait l'âme et répandait sur les choses son enchantement silencieux. La

chaux blanche des fermes éblouissait,
tandis que les arbres sans feuilles disaient
que c'était l'hiver et qu'ailleurs, vers le
nord, dans les villes, les gens allaient
enveloppés de fourrures et rentraient
vite dans les maisons où il y avait
du feu.

Je me souviens que nous étions sur la
pente d'une colline. Devant nous, cette
petite maison rose se dressait solitaire et
si pleine de charme au milieu de ses
lauriers.

Un homme, assis sur une marche du
perron, jouait un air de flûte à son
chien accroupi. Il leva la tête et nous
vîmes un visage barbu et pâle d'où sor-
tait un de ces regards impressionnants,
comme on en surprend parfois chez ceux
qui n'ont pas longtemps à vivre. Ce fut
tout.

Ce n'est rien et ce souvenir m'est
resté. Il m'émeut, non pas à cause de
cette matinée trop belle, trop voluptueuse, trop enivrante ; mais parce que
cet homme barbu c'est moi désormais
parce que cette petite maison de solitude
et de mélancolie, c'est la mienne. Je me
vois à Val-Roland, enveloppé par la
même lumière, pareillement résigné, voué
aux mêmes distractions, et levant sur les
passants ce regard douloureux qui prend
congé de la vie.

L'heure a marché. La journée s'achève.
Déjà les prairies qui s'étendent à ma
gauche se sont assombries. Maintenant,
c'est la pelouse du jardin, et c'est ce talus
gazonné, et c'est le petit balcon de ce
chalet là-bas qui, tour à tour, se déparent
et s'éteignent. Dans un incomparable
silence, la merveille quotidienne se défait
une fois de plus. Je vois se dédorer la
cime des sapins, puis la pente de ce toit.
Les tuiles, enorgueillies quelques heures

par la lumière, sont retournées à leur
humilité.

Lentement, le soleil rappelle à lui
ses rayons et reprend exactement tout
ce qu'il a donné. Il ne néglige rien,
ni l'éclair de cette feuille, ni ce reflet qui
se croyait oublié, ni surtout la tiédeur
qui tombait sur notre visage et sur nos
mains. Il a tout retiré, et, à mesure qu'il
se retirait lui-même, les zones d'air qu'il
cessait d'éclairer se sont refroidies subitement.

Alors le paysage ressemble à un homme
qui sort d'une fête et dont le visage, tout
à l'heure embelli par la joie, vieillit soudain, enlaidi par la fatigue.

Maintenant, comme chaque soir, la
galerie se vide.

— A tout à l'heure. Nous nous reverrons.

Chacun s'en va et nous demeurons
seuls, ma mère et moi, une dernière fois,
ici, pendant que la nuit entreprend son
œuvre. Elle aspire graduellement la
lumière, la dissout, la décolore, la décom-
pose, en fait ce mélange neutre qui est le
crépuscule, l'absorbe encore, la recouvre
par des couches successives, l'engloutit.
Tout a sombré. Nos visages se sont
effacés. Et je respire cet air, si vif, d'une
fraîcheur de source, qui, mieux que celui
du jour, me dilate la poitrine. Que de
fois étendu comme aujourd'hui, la tête
un peu renversée, dans une attitude
pleine de patience, j'ai cru, à son contact
plus rude, sentir s'éveiller en moi des
énergies qui triompheraient du mal !...
Que de fois je me suis imaginé, en m'at-
tardant ici, que chacune de ces gorgées
de nuit salubre s'en allait, dans la nuit
blessée de mon être, élargir le champ de
la vie !...

Ah ! que de fois j'ai compté guérir !...

UN HOMME
ASSIS SUR LES MARCHES
DU PERRON

IX

ARRIVÉE A VAL-ROLAND

Ma mère et Paul se sont arrêtés pour des achats à Bayonne. Ils prendront le train suivant. Me voici seul. Je regarde avec émotion, par la portière, le doux et tiède paysage basque, avec ses arbres à demi dépouillés, ses montagnes rousses, son visage d'automne et ses ombres.

Ombre des branches sur les maisons, ombre des wagons immobiles sur des voies de garage, ombre vivante d'une carriole qui court sur la route, ombre paresseuse des fumées sur les toits...

— Val-Roland !

Me voici arrivé. Je ne l'avais vu qu'une fois, ce village, au cœur de l'été, insupportable de chaleur, empli d'une foule de gens venus de Bayonne, vrai public de train de plaisir. Aujourd'hui, la solitude lui restitue son charme. Je le connais à peine et ses traits, pourtant, me sont familiers et chers, tant cette route, ces maisons sont parentes de celles qui connurent les meilleures instants de ma vie. Il fait le petit soleil que j'aime, un petit soleil rêveur, discret comme ces lampes qu'on baisse pour plus d'intimité, quand les étrangers sont partis. Combien me touche sa douceur ! Par quoi l'éclat morne de la route et son faible rayonnement m'émeuvent-ils à ce point? Elle semble éclairer, non par reflet, mais par elle-même, l'envers de mes pas, de telle sorte que j'ai l'air d'avancer sans bruit, sur de la lueur de veilleuse. D'où vient qu'il suffit d'un certain éclairage pour que mon âme éprouve cette langueur étrange?...

Je ne me suis pas occupé des bagages. Ma mère et Paul s'en chargeront. Je me dirige tout de suite vers le chalet que nous allons habiter et dont je sais à peu près l'emplacement. J'écoute, par instants, se détacher les feuilles mortes qui tombent sur le sol comme autant de petites mains défuntes. Un peu de vent les soulève, les fait se heurter avec un bruit léger de papier froissé et, sous les pas, elles s'écrasent avec ce craquement sec qui rend l'âme triste.

Une colline se dresse à droite de la gare. Elle ressemble à la hauteur de Béthanie qui domine Saint-Jean-de-Luz, en face de Ciboure. Je découvre bientôt la Nive nonchalante dont la petite sœur, là-bas, s'appelle la Nivelle. Voici les bois de Pagos qui vont rejoindre Ascain où j'aimais autrefois, avec Paul, aller entendre par les matins d'automne le bruit sourd et espacé de la cognée des bûcherons. Voici la grande et seigneuriale allée de Val-Roland plantée d'ormes et de platanes trois fois centenaires. Les rares passants que j'ai croisés ne se hâtaient point. Quelques désœuvrés du village, accotés à un petit mur, regardent sans paroles couler l'eau de la rivière. Un chien étendu à la lisière d'un champ dort de tout son cœur. Et les clôtures basses des jardins disent la sécurité confiante de tous, le bon accueil à l'étranger.

Figures maigres au profil noble ! Faces rasées et antiques coiffées du traditionnel béret ! J'aime ce petit peuple fier et rude dont le côté sédentaire et le côté aventureux viennent des deux aspects qui se partagent sa vue : l'éternelle immobilité de la montagne qui conseille le repos, l'éternel mouvement de l'Océan qui conseille le voyage. Ainsi s'explique que, dans le moindre hameau de ce pays, on rencontre des hommes qui sont allés aux Amériques, mais qu'on n'en saurait

trouver qui connaissent leur propre continent. A ceux qui regardaient l'espace,
l'Océan ouvrant l'horizon a dit : « Viens »,
et ils sont partis ; à ceux qui tournaient
les yeux vers l'intérieur des terres, la
montagne barrant la route a dit :
« Reste », et ils sont restés.

J'ai trouvé facilement le chalet. Il est

autre, enveloppe-moi, pénètre-moi, dissous mes pensées et glisse-moi dans
l'âme une sorte de paix triste et de doux
fatalisme. Fais que je vive sans inquiétude et sans espoir. Enlize-moi. Rends-
moi pareil à ces désœuvrés de tout à
l'heure qui ne pensent pas, qui ne parlent
pas, qui, les jambes lourdes de paresse,

au centre d'une sorte de petit carrefour
et se nomme *Martinenia*. Un large balcon
longe sa façade au midi, où donne la
pièce qui sera ma chambre. La propriétaire parle peu, et je m'en félicite. J'ai
roulé un fauteuil sur le balcon. C'est là
que je mettrai ma chaise longue. Je
laisse le soleil m'envahir les jambes.
Soleil rêveur ! Jamais je ne me lasserai
d'être enchanté par toi ! Ta tiédeur sur
mes genoux m'amollit tout l'être, et
j'aime le lac d'ambre que tu répands sur
le parquet. Soleil d'ici, comparable à nul

regardent couler leur lente vie avec l'eau
de la rivière !...

Je contemple à mes pieds la grande
allée de Val-Roland. Je me sens bien.
La façade lumineuse d'une maison voisine a quelque chose de vieillot et de
charmant avec ses volets fanés. Je goûte
l'heure, le lieu, l'air engourdi du village.
Douceur d'être là, nonchalance de la
Nive, silence de l'allée, feuilles mortes !...
Et comme il fera bon voir tomber le soir
sur ce balcon, le soir couleur de souvenir !...

X

JAVOTTE

Il y a peu d'étrangers à Val-Roland, en cette saison. Ceux qui ne craignent pas

ELLE FRAPPE À LA FENÊTRE

Aussi se lie-t-on vite. Ma mère a fait quelques relations, et j'entends parfois, dans la journée, passer des jeunes filles que j'ai à peine entrevues et qui s'arrêtent, sous la fenêtre, pour demander :

— Comment va monsieur Gilbert?

Ma mère leur répond :

— Pas plus mal. Ça va tout doucement... tout doucement.

Ce sont mademoiselle Laure, qui est là pour sa jeune sœur aux bronches délicates; mademoiselle Anita, qui accompagne sa tante souffrante. C'est aussi, c'est surtout mademoiselle Javotte qui habite Val-Roland toute l'année.

L'admirable voix qu'a mademoiselle Javotte ! Quel timbre grave, profond et doux ! Quel rire velouté! Quelle gaieté! Quelle hardiesse ! Quelle puissance neuve, ardente, aventureuse! On ne saurait l'ignorer. Mademoiselle Javotte est partout. Nous achevons de déjeuner dans la salle à manger qui est au rez-de-chaussée. Elle frappe à la fenêtre. On lui ouvre. Elle franchit la barre d'appui

d'y passer l'hiver, les malades, réfugiés dans une dizaine de villas, s'ennuient.

avec une intrépidité d'amazone ; et voici que sa présence, son éclat, son rayonnement animent l'air morne de cette petite pièce, trompent un instant notre mélancolie. Puis, elle s'en va, reconduite par Paul dont la moustache dissimule mal un sourire de contentement et de mystère

Cette jeune fille est singulière. Elle plaît par son visage éblouissant, la force de vie, la sève violente qui sont en elle, sa grâce, son bruit. Mais je suis frappé surtout de retrouver en elle quelque chose de l'air de ce pays, je ne sais quoi de romantique qui tient parfois au timbre si grave de sa voix, ou bien à sa chevelure qui a les tons cuivrés de l'automne, ou bien plutôt à ses yeux ombragés dont le regard est tendre et passionné comme un chant dans la nuit.

Elle a dit à ma mère :

— Je sais que les malades sont capricieux ; mais quand monsieur Gilbert éprouvera le besoin d'être distrait, car il doit s'ennuyer seul, toute la journée, eh bien ! je viendrai passer l'après-midi avec lui. Est-ce que cela ne le fatiguera pas trop? J'aime tant les malades !...

Mademoiselle Javotte aime les malades. Quand elle a égayé celui-ci, fait la lecture à celui-là, ou de la musique chez un troisième, on la voit presser le pas dans l'allée de Val-Roland, car elle est attendue encore à la villa Suzanne ou à Beauséjour. Cela ne l'empêche pas de se promener entre deux visites avec Paul. Olive, la fille de notre propriétaire,

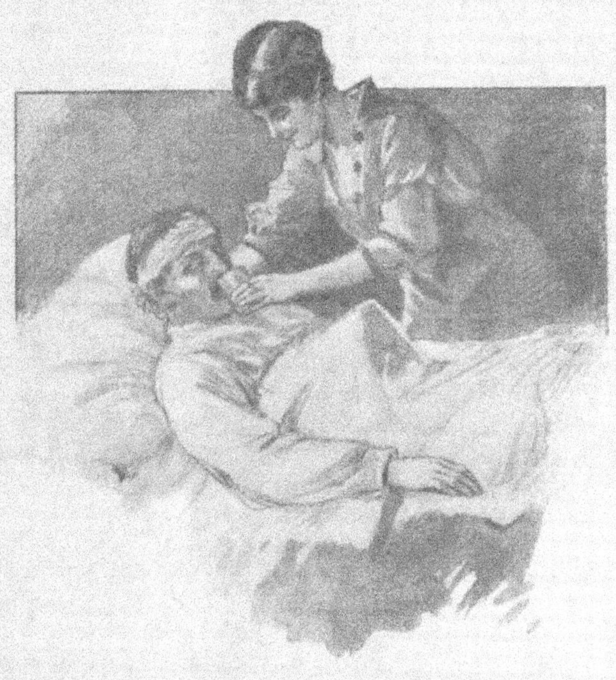

MADEMOISELLE JAVOTTE AIME LES MALADES

m'a confié, dans le plus grand secret, qu'on les avait surpris comme ils sortaient, très émus, du petit bois d'Aïssoa. Mais Olive ne sait rien garder.

Quand Paul rentre le soir, coloré par le grand air ou le plaisir, nous nous retrouvons habituellement dans la salle à manger, au coin du feu, en attendant le dîner. Une atmosphère intime, protégée contre le dehors, fait vivre les petits bruits du soir. Le pas d'Olive, qui aide au service de la maison, ébranle les verres qui tintent sur la table. Cela se mêle à la petite voix de la lampe, au feu qui respire, au léger froissement du journal que lit Paul.

Il lit ou fait semblant de lire. Il y a, en lui, comme un triomphe intérieur, une joie sournoise que décèle, parfois, le feu de son regard. Mais se sent-il observé, aussitôt il éteint ce regard, comme on baisse les lampes d'une fête clandestine, pour ne pas attirer l'attention des curieux.

De Javotte, jamais il n'est question entre nous et, précisément, l'application qu'il met à ne pas prononcer son nom le signale mieux qu'une confidence.

J'ai envie de lui dire : « Tu exagères... Ne vois-tu pas que tu découvres ton aventure par ta maladresse à la dissimuler? Ta discrétion excessive est une indiscrétion, car le silence est parfois plus révélateur que la parole. »

Je me contente de sourire. Il se sent deviné et ne s'en affecte pas. Il a fait son devoir de galant homme et n'a rien à se reprocher. On se met à table. La joie qu'il contient veut se répandre, se dépenser. Il taquine Olive.

— Olive, qu'est-ce que tu as fait aujourd'hui? Raconte un peu...

Elle répond avec un regard agressif et un petit sourire fourbe :

— C'est à vous plutôt qu'il faudrait demander ça...

En ce moment, il est cinq heures : le soir vient. Un jeune chat de velours blanc et noir, qu'Olive m'a donné, miaule pour sortir de ma chambre ; et comme ma mère, sur le balcon, ne l'entend pas, grimpé sur la toilette qui est près de la porte, il tente, d'une patte incertaine,

d'en atteindre le bouton, car il a remarqué que c'est là le secret qui donne la liberté.

Mademoiselle Javotte passe. J'entends sa voix chaude qui demande :

— Comment va monsieur Gilbert?

— Comme tous les jours, il n'y a pas grand changement.

La voix chaude et grave se récrie :

— Comment, ça ne va pas mieux! L'air de Val-Roland est si pur, si doux ! il faut le distraire, ce malade. Il faut le distraire !

Et moi, au fond de ma chambre, j'éprouve une sorte d'irritation contre moi-même. N'ai-je pas tort, vraiment, de ne pas aller mieux? Les autres malades, par leurs progrès, récompensent de leurs soins ceux qui les aiment. Mais moi ! Il n'y a rien à tirer de moi. Je suis le mauvais élève qui lasse ses maîtres et qu'on abandonne à lui-même, là-haut, tout au bout de la classe. J'ai l'âme humiliée et découragée d'un cancre.

Ma mère m'a rejoint. Elle a délivré le chat. Elle me demande :

— Tu es bien? Tu n'as pas froid? Il fait meilleur dehors que dedans.

Elle a pris un menu ouvrage. Nous demeurons un moment sans paroles. L'approche du soir endort peu à peu nos pensées. Ainsi se passent mes journées monotones, mes journées longues et désœuvrées de malade. Étendu sur ma chaise longue ou couché dans mon lit, je vois couler des heures qui ne m'apportent rien.

Mes seuls événements sont les bruits familiers que j'attends, que je reconnais, qui me sont une douce habitude. C'est le pas de ma mère, le matin, quand elle se lève et que je la suis, au delà du couloir qui nous sépare. Je sais qu'ici, elle passe un peignoir, que là, elle prend ses épingles pour ramasser à la hâte ses cheveux. Voici que sa main tourne le bouton de ma porte et qu'elle vient s'informer, avec son visage inquiet et si tendre, de la façon dont j'ai passé la nuit. Pas de Paul, qui se hâte vers un rendez-vous, qui remonte chercher un objet. Bruits de la maison, bruits du village, bruits sous la fenêtre. Trompette du boulanger, son étouffé, par du papier, d'une pièce de monnaie qu'on jette à un pauvre sur la route, bruit élastique et flasque d'une pierre qu'un gamin lance dans la rivière. Bruits familiers, chers bruits qui suscitez tant de mouvements dans mon âme attentive, depuis la mélancolie songeuse où me plonge le cri rouillé des contrevents qu'on ouvre au soleil, dans la maison voisine, jusqu'au chant du pâtre qu'amplifie l'écho de la montagne, à l'heure d'ombre où les voitures de Biarritz s'en retournent et jettent une lueur tournante au plafond de ma chambre !...

Heure d'ombre où nous venons d'entrer insensiblement et qui enfante autour de nous tout un petit monde mystérieux. La fenêtre ouverte donne l'impression d'une oreille qui écoute, tandis que, par la porte que ma mère a laissée entre-bâillée, la lampe de l'escalier envoie dans la chambre un rayon qui hésite comme un regard indiscret.

A ce moment, m'étant tourné vers ma mère, je vois remuer ses lèvres.

— Tu pries?

Elle me fait un signe de tête affirmatif sans s'interrompre. Mais comme j'ajoute :

— Crois-tu que ta prière parvienne à son adresse?

— Écoute, me dit-elle ; tu me dis là une chose que j'ai entendue bien des fois au début de mon mariage, quand la malheureuse guerre de 1870 me sépara de ton père. Il était à l'armée de Chanzy, sans nouvelles de moi qui étais restée dans Paris investi. Les lettres des Parisiens partaient chaque semaine au moyen de ballons qui passaient au-dessus des lignes prussiennes. Chaque fois que je voulais écrire, il y avait là quelqu'un qui me disait à peu près ce que tu me dis aujourd'hui : « Est-ce que vous croyez que les lettres parviennent à leur destinataire ? » Eh bien ! quand, la guerre finie, je revis ton père, il me gronda : « Pourquoi ne m'as-tu pas écrit? J'avais un camarade qui recevait régulièrement des nouvelles de sa femme ; et moi, rien. » Alors, j'ai bien regretté d'avoir écouté les conseils de ceux qui veulent tout savoir. Vois-tu, les prières, c'est un peu comme les lettres qu'au temps du siège on confiait au ciel. Qui peut dire si elles ne parviennent pas à leur adresse?

Je n'ai rien répondu. Que pourrais-je répondre? Elle se remet à prier, tandis que le soir, partout, dilate le silence. C'est l'instant où un peu de rêve pénètre sous tous les fronts. Il ne fait pas encore nuit. Une lueur cendrée règne sur le village. Attirée par elle, je me suis levé pour venir m'accouder au balcon.

Qu'à l'aide de ces faibles mots qui se sont refroidis en touchant le papier, on regarde avec moi le tiède soir tomber sur Val-Roland. Ce n'est plus le bref crépuscule de Davos où se respire je ne sais quel austère devoir. Ici, la vie est molle et voluptueuse, comme sous un ciel toscan, et morne comme elle doit l'être à Pise. Mais ce qui la sauve de toute fadeur, ce sont mille caprices du climat, l'étourdissante féerie de ses vents du sud qui changent jusqu'à l'éclairage du soleil, ses bourrasques vite évanouies, quelque

chose de sournois, de violent, une démence endormie qui se réveille parfois.
Et ces montagnes brunes et velues, d'un
aspect dur et volontaire, que l'heure
emplit d'une sombre méditation, em-

d'Afrique. La main qui a mélangé les
éléments de sa beauté l'a voulue pleine
de contrastes. D'où ce charme étrange
qui a sur quelques âmes une action si
puissante.

Ainsi, depuis que ce sol m'est familier,
dans la plus belle saison, aux heures les
plus éclatantes et les plus lumineuses,
c'est avec un sentiment
poétique et grave que
j'ai, bien des fois, re-
trouvé sur le velours
de la plus chatoyante
prairie comme un peu
de soir et d'automne
qui persiste, qui plane,
et que l'été ne par-
vient jamais à dissiper,
quelque chose de fané,
de terni, une infortune
si noble, un appel
d'une tristesse si in-
tense que quiconque
en a été remué l'em-
porte dans sa mé-
moire pour, de loin,
quand il l'évoquera,
en tressaillir encore.
Au creux des mon-
tagnes, au fond des
vallées, dans la moin-
dre dépression de ter-
rain, je ne sais quelle
ombre s'allonge, fu-
nèbre, que je n'ai
pas vue ailleurs, une
ombre qui fait irré-

A L'ARMÉE
DE CHANZY

pêchent qu'on imagine un paysage plus
lyrique et plus fatal.

Car la lumière, le silence, la torpeur,
le sommeil de ce pays ne sont que les
accents secondaires de sa physionomie.
Sous son apparence la plus paisible, une
ardeur sourde se dissimule, un feu intérieur couve et, dans ses veines chaudes, circule un peu d'Espagne, un peu

sistiblement songer au destin et au
tombeau.

Et ici, ce soir, autour de moi, dans
Val-Roland qui s'assoupit, voici bien la
paix de cimetière qui me convient,
l'atmosphère de pitié tendre la plus

propre à m'adoucir l'angoisse de l'adieu. On sent, dans l'air, quelque chose d'analogue au poignant renoncement du médecin qui, lorsqu'un malade est perdu, conseille qu'on ne lui refuse plus rien.

La nuit descend avec une calme solennité. Une voix, dans une ferme lointaine, appelle : « Dominica ! » d'une façon prolongée et inquiète, comme si celle qu'on appelle était perdue. La voix se tait, et l'on n'entend plus rien que les faibles bruits d'une petite fille qui chantonne dans l'ombre et d'un chien qui boit dans un seau oublié. Alors, pour ennoblir le soir, une cloche, lentement, se met à tinter.

XI

SUR LA MORT

Le docteur qui me soigne depuis mon arrivée à Val-Roland est venu aujourd'hui et, tout en m'auscultant, il m'a demandé :

— Vous ne toussez pas davantage?

— Je ne tousse jamais, docteur.

— Vous ne vous sentez pas plus faible?

Pourquoi cette question? Me trouvait-il plus mal? Ma mère l'a suivi pour l'interroger, quand il est parti ; mais il s'était repris, sans doute, car il l'a consolée par des mensonges charitables. Maintenant, dans ma chambre, après le dîner, elle me regarde remonter ma montre, et prononce en hochant plusieurs fois la tête avec un découragement infini :

— Tu veux donc me quitter? Tu veux donc me quitter?

— Mais non. Pourquoi dis-tu cela?... Pourquoi y penses-tu?... C'est à cause de cette parole malheureuse du docteur... Mais ça ne signifie rien... C'est une question machinale qu'il pose à tous ses malades.

Elle me regarde avec ferveur, avec une grande force d'amour ; et elle répète frémissante :

— Ne me quitte pas... Ne me quitte pas...

— Mais je ne veux pas te quitter ! Où prends-tu que je sois plus mal ! Je veux guérir. Je veux te faire une vieillesse heureuse ; voilà ce que je veux.

Toutes les paroles qu'on dit en cette circonstance, je les prononce sans y croire. Et elle reprend avec résolution :

— Ne pensons plus à cela. N'y pensons plus.

N'y plus penser ! ne plus penser à la mort, quand sans cesse elle est là, présente entre nous ! C'est ma plus sûre compagne de tous les jours. Dès que je m'éveille le matin, elle est là, dans ma chambre, assise, qui me regarde. Au delà de cette porte, je la trouve qui m'attend patiemment pour m'accompagner.

C'est elle qui fait mes jambes faibles et mon pouls plus rapide, dès que je veux risquer quelques pas. C'est d'elle que me viennent ces chaleurs de fièvre, ces yeux qui me brûlent, ces paupières fatiguées, ce besoin de m'asseoir et de m'étendre après le moindre effort. Si je m'anime, si je pense un peu trop, par mille signes avant-coureurs, elle m'annonce la congestion. Si je me tiens tranquille, encore trouve-t-elle le moyen de me dérober, chaque nuit, quelques heures de sommeil. Parfois, il m'arrive de l'oublier un instant. Soudain, je sens mon cœur lâche, envahi d'une angoisse insoutenable. Je me dis : « Qu'est-ce que j'ai donc? » Je suis une seconde sans comprendre. Et puis, tout de suite, l'affreuse certitude :

— Ah ! oui, c'est cela, c'est cela, je vais mourir !

Brefs instants de répit où tout concourt à vous cacher la mort : un fortuit bien-être, le charme d'une causerie, la douceur d'un soir, un beau rêve. Mais, aussitôt, ce concours bienveillant des choses est détruit. « Quoi donc? » Et toujours la pensée atroce qui revient :

— Ah ! oui, c'est cela, c'est cela. Je vais mourir!

Et si j'essaie d'en prendre mon parti, comme je l'ai fait aux heures où la vie me parut injuste, si j'essaie par un mouvement d'épaules de m'alléger de ce poids qui m'oppresse, si je me dis : « Eh bien ! soit, acceptons le sort », je suis tout surpris de ne pas sentir en moi la lueur de cette suprême espérance qui s'éveille toujours au cœur des hommes, même quand ils désespèrent de tout. A mes instants passés d'angoisse, d'épreuve, d'affliction, je songeais malgré moi : « Ne te désole pas tant, ça s'arrangera, tout s'arrange. » Mais cette fois, ce n'est plus dans mon sentiment de justice, dans mon orgueil, mon ambition ou ma tendresse que je suis atteint. Il ne s'agit plus d'un malheur qui se peut oublier, ou d'un accident qui se répare. Cette fois, je n'ai plus aucune compensation à attendre ; il ne dépend plus de moi, de mon courage, de ma volonté, de me tirer d'affaire.

C'est le flambeau lui-même de la vie qui est en jeu et qui vacille. Cette fois, cela ne s'arrangera plus. Et je ne parviens pas à concevoir cela, car la mort, plus on y songe, est inconcevable à un cerveau de trente ans.

Parfois, la nuit, quand je ne dors pas, j'évoque le fatal moment de son lendemain. Je vois dans la maison les gens qui sont venus. J'entends les sanglots de ma mère, à qui Paul, un peu pâle, tient les mains sans rien dire. Avec le fil détaché d'un bouquet, le chat joue, inconscient, dans la salle à manger, où traînent sur la table des lettres, des télégrammes d'amis que la distance empêchait de venir. On piétine, on chuchote. Puis c'est le départ. Six hommes me portent à bras, comme c'est la coutume ici, dans le petit cimetière basque où mon désir est maintenant de reposer, à l'ombre d'une simple croix de bois. Une voix grave, que j'ai quelquefois entendue sous ma fenêtre et qui m'émouvait tant, psalmodie la phrase liturgique qui accompagne les morts, avec des intervalles de silence où résonne le bruit des pas. L'église, l'office et c'est fini ; le cercueil est dans la terre ; les gens s'en vont. Alors j'éprouve une envie de pleurer, assurément absurde et très enfantine, parce que ma mère s'en ira, elle aussi, et que je resterai seul.

D'autres fois, la nuit, quand il pleut, je songe que, lorsque je serai là-bas, il pleuvra ainsi sur ces membres que je touche, sur mon pauvre corps décomposé. J'entends battre la vieille horloge qui est dans l'escalier, et cela me rend plus sensible le grand silence de la maison. Je vis ! Comme la chaleur du lit me semble douce ! Je voudrais dire à la mort : « Ne viens pas. Attends un peu. Laisse-moi goûter encore la tiédeur de ce lit. »

En somme, c'est cette pensée continuelle de ma fin prochaine qui me fait

J'ÉVOQUE LE FATAL MOMENT

apprécier cette existence si vide, si monotone, si misérable. Elle donne un prix inestimable à mes minutes, de la saveur à tout ce qui m'entoure. A considérer combien ma vie est précaire, instable, provisoire, mes désirs prennent un caractère d'urgence qui m'émeut. Et pour apprécier mieux mes rares joies, je n'ai qu'à me dire que bientôt je ne verrai plus la féerie du jour, les roses du jardin, le lézard sur le mur, les maisons qui tour à tour viennent vêtir et dénuder la terre, que bientôt je ne sentirai plus mon dos glacé et mes tempes moites à lire un beau livre, mon cœur qui s'élance au son d'une voix aimée, et, selon les heures, mon front se pencher plein de rêverie au creux de mes mains. Je n'ai qu'à me dire que je ne connaîtrai plus, que je ne sentirai plus ces choses qui me sont si précieuses, jusqu'à l'odeur du soleil dans la chambre, la douce intimité des premières lampes d'octobre, l'engourdissement qui monte du premier feu de bois ; je n'ai qu'à me dire que je n'entendrai plus, que je ne percevrai plus le vol des guêpes, ni le son des cloches, ni le bruit de la pluie sur le toit, ni le tiède vent d'été qui fait frémir le feuillage, ni le soir sur la montagne, ni le charme des vieux parcs délaissés, ni les feux du couchant sur la mer.

Or, tous ces présents merveilleux, j'en jouis encore et j'en ai l'âme dilatée de gratitude. Mais bientôt, dans quelques mois peut-être, quand mes yeux n'auront plus de regard et ma bouche plus de voix, à quoi m'aura servi d'avoir si fortement aimé la vie? Bientôt, quand commencera l'éparpillement de mon être, qu'adviendra-t-il de tout ce qui était en moi? Où ira ma tendresse, ce flot intérieur qui, tant de fois, m'a soulevé jusqu'au délire et que je n'ai pu épuiser?

Où iront mes bontés cachées, mes ardeurs généreuses, mes beaux enthousiasmes et toutes les parties profondes de moi-même que personne n'a connues?

J'y songe avec un sentiment inexprimable.

Vivre ignoré, passer inaperçu parmi les hommes, c'est presque une volupté pour qui porte un trésor caché, c'est presque une volupté d'attendre patiemment son heure comme l'attend, enfermé dans sa larve grossière, un insecte chargé de toutes les pierreries. On jouit de son déguisement, on voudrait retarder l'heure où ce second être qu'on porte dans sa substance fendra son enveloppe sous les yeux éblouis qui ne surent pas le deviner. Mais se dire : « Toi qui passes incolore, inconnu, dédaigné, ce que tu contenais, qui l'aura su? Cela qui bat en toi et qui va s'arrêter, ce cœur secret, ce cœur si doux, qui l'aura soupçonné?... »

XII

LE CHAPITRE DE L'ÉGLISE

Quand j'écris le mot tristesse, je note le plus haut degré de mon émotion. La nature ne m'est complètement intelligible, un paysage ne me devient inoubliable que si un peu de tristesse s'y trouve répandue. Alors, seulement, je reçois ce petit choc qui ouvre sur ma sensibilité une porte inconnue et va y éveiller je ne sais quel mal mystérieux. C'est de cette manière que le soir et l'automne me remuent si profondément.

Tristesses amies du silence, de quelle solitude du cœur nous viennent-elles? De quelles fins en nous de choses que nous ne ferons plus, de quelles nostalgies, de quels regrets, de quels désirs? Comment les comprendre? Quel présage lire en elles? Elles sont incompréhensibles comme l'amour, la naissance et la mort.

Celle que j'éprouve aujourd'hui, indépendamment de la sombre pensée qui ne me quitte plus, émane sans doute de ce temps merveilleux. Ma mère vient de partir pour quelques courses à Bayonne, après le déjeuner. Elle m'a quitté avec ce visage bouleversé d'émotion qu'elle a chaque fois qu'elle s'absente, même pour quelques heures, depuis que je suis malade. Son dernier regard a laissé dans la chambre une trace affectueuse et désolée. L'après-midi bleu et vermeil est tout à fait extraordinaire en cette saison. Nous sommes en février et l'air déjà brûlant fait éclore les insectes de l'été. Il tombe tant de soleil sur le petit carrefour que les yeux n'en peuvent supporter l'éclat. Il semble s'accumuler là par couches insensibles et plus éblouissantes d'heure en heure. Personne ne passe. Une bonne, à l'ombre de la maison qui me fait face, promène, dans une petite voiture, un enfant qui dort, et le gravier du jardin rend, sous les roues qui le foulent, un son léger et continu d'écrasement assez semblable à celui du café que l'on moud. Cela est berceur, monotone et porte à la rêverie. Un souffle tiède agite légèrement le tablier de la bonne, et je crois déjà entendre, aux ormes de l'allée, le bruissement soyeux de leur feuillage prochain.

— Quel temps divin ! me dit Paul qui vient d'entrer.

Il est en costume de touriste, coiffé du béret basque, prêt à sortir. Il m'engage à le suivre, à faire quelques pas.

— Essaie. Cela ne peut pas te faire de mal. Allons, fais un effort ; viens avec moi jusqu'au bout de l'allée.

Je renonce, avec lassitude.

— Tu as tort... Cela ne peut pas te faire de mal...

Pendant qu'il me parle, il est visiblement préoccupé par un pli que son vêtement neuf forme entre deux boutons.

— Non? tu ne viens pas? Décidément non? Alors tu es pour ta vie sur ta chaise longue? C'est insensé...

Il a passé la porte qu'il me crie encore :

— C'est insensé...

De la fenêtre, je le vois partir, hésiter entre deux directions, sous l'œil de la bonne qui, dans le jardin d'en face, l'observe, puis prendre brusquement son parti et descendre vers la Nive.

Il est parti, et je regrette de n'avoir pas fait quelques pas avec lui. Pourquoi, en effet, ne pas essayer?

Je suis descendu. Le bois nerveux de la porte craque de chaleur. Le chat engourdi sur le seuil lève sur moi, sans hâte, des yeux de prophète absorbé. Il y a deux mois que je ne suis sorti. Le plein jour du dehors tombe comme une douche tiède sur mes épaules et m'étourdit un peu. L'allée silencieuse est bien le prolongement d'une chambre de malade. Chaque fois que je la contemple, je retrouve cette impression. Il y a entre ma vie blessée et la splendeur morne de ce lieu une harmonie profonde qui me fait tressaillir.

J'ai pris machinalement le chemin opposé à celui qu'a pris Paul. Le tapis gris de la poussière craque sous le pied. J'ai perdu l'habitude de marcher et je m'observe un peu. Voici, adossés à leur petit mur, les désœuvrés du village, immuables à cette place. Ils me regardent. Je devine qu'ils disent :

— Tiens, c'est le malade qui loge à *Martinenia*. On ne le voit pas souvent.

— Il a l'air jeune, le pauvre !

Je les ai dépassés. Je sens leur curio-

air faussement dégagé, un dandinement maniéré qui trahit l'effort. Je suis mécontent de moi. Je voudrais tant ne pas paraître malade !

LES DÉSŒUVRÉS
DU VILLAGE

sité me suivre. Je la sens physiquement sur moi, comme une main qui me toucherait entre les deux épaules. Cela m'impose un redressement du buste, un

Malades qui passent essoufflés, les yeux fiévreux et si pâles, jeunes filles qu'on rencontre sur les promenades, étendues dans une voiture que pousse un domestique, pauvres êtres défaits sur lesquels on a la cruauté de se retourner et qui vous supplient de ne pas les regarder, ou bien ceux irrités qui vous bravent, voilà à quel lamentable troupeau j'appartiens désormais. Je provoque la curiosité ou, ce qui est pire, la pitié. Ah ! que la pitié est insupportable aux âmes fières !...

Mes pas m'ont porté, sans but, vers la place de l'église qui forme une sorte de terrasse naturelle d'où l'on découvre mieux le val pensif et silencieux. C'est un carré de sol resplendissant, où ne tombe nulle ombre, si ce n'est celle de mon corps qui s'y fait tiède, précise et plus vivante que moi. Combien j'aime ce petit cimetière qui m'attend et dort, si respecté, entre l'église et ses cyprès ! Combien me plaît cette terrasse solitaire où le soleil lui-même a l'air de s'ennuyer !...

J'ai poussé une porte dont un côté est vêtu de lumière, l'autre de pénombre, et je me trouve dans l'église sonore et glacée.

Pénombre qui sent le vieux bois, le cierge et l'eau bénite ! Bruit de mes pas dans l'impressionnant silence ! Mais qu'est-ce donc qui, au-dessus de ces rangs de chaises vides, plane dans l'air entre les vitraux ? C'est quelque chose que l'âme perçoit et qui est comme de la prière refroidie.

Je m'avance en évitant de heurter les dalles de mes talons, et je me demande : « Que suis-je venu chercher ici ? » L'impression que je reçois est celle que l'on a devant les tombeaux. Cela est plein de songes graves et confus. Je m'approche d'un pilier dont

le bois dégage une odeur faible et fade et je me répète sans trouver de réponse :

« Que suis-je venu chercher ici ? »

UNE FEMME
AGENOUILLÉE

Alors, près de l'autel, une forme agenouillée attire mon attention. Je ne me trompe pas. Cette robe noire, cette nuque dorée, que découvre la tête inclinée entre les mains, c'est Javotte. Je souris involontairement parce que Paul, tout à l'heure, pour dépister la curiosité de la bonne qui l'observait, a pris brusquement le parti de descendre vers la Nive. Il a dû s'imposer ainsi un grand détour pour aboutir ici. Car je ne doute pas qu'ils doivent s'y retrouver. Elle a feint de ne pas me voir. Elle l'attend. Ils traverseront le petit cimetière, descendront par les sentiers qui sillonnent le val, où l'on ne rencontre personne. Il aura contre son visage ce visage éblouissant. Il entendra son rire qui est unique, les éclats de sa voix chaude et veloutée. Il subira près d'elle cette sombre incitation à aimer qui monte continuellement de cette terre des morts. Et moi? Qui verra un cœur jeune dans mon corps chancelant? A quelle épaule appuierai-je ma tête? Quelles mains apaiseront mes tempes ardentes? A quel suprême rendez-vous verrai-je venir l'amour?

J'ai retrouvé sur la terrasse solitaire le soleil qui s'ennuie. Je me sens las d'être resté longtemps debout ; mes jambes se font pesantes, mon pouls bat avec force. Je dois avoir aux pommettes cette roseur de fièvre que je redoute. En même temps, je revois avec un peu de trouble la nuque dorée de Javotte agenouillée.

Allons ! malade, rentre à la maison !...

XIII

Je suis rentré depuis cinq minutes quand Olive vient me dire :

— Mademoiselle Javotte est en bas qui vous demande.

— Moi? Tu ne te trompes pas. Ce n'est pas monsieur Paul qu'elle a demandé?

— Non, elle a bien dit : « Monsieur Gilbert ».

— Tu es sûre? Alors, fais-la monter.

La surprise, le plaisir, l'agitation que me cause cette visite, je n'ai pas le temps de les démêler. Javotte est là ; et ses paroles sont plus inattendues encore que sa visite :

— Enfin, monsieur le très mystérieux, le très défendu, l'insaisissable, on vous tient !

— Mademoiselle, vous allez me donner de l'orgueil. Dites plutôt que c'est une charité de venir me voir.

— On ne s'en douterait pas. Vous fuyez le bruit ; vous ne voulez voir personne. Je crois bien que vous vous prétendez malade pour avoir un prétexte à vivre en sauvage, si bien qu'on a toujours peur de vous déranger.

— Allons donc !... Vous savez très bien au contraire... Mais comment cette bonne idée vous est-elle venue ?

— Voilà, j'ai rencontré madame votre mère qui allait à la gare. Je lui ai dit : « Tiens, vous abandonnez votre malade aujourd'hui? J'ai bien envie d'aller lui tenir compagnie durant votre absence. » Elle m'a répondu : « C'est cela. Allez me le distraire. Et tâchez qu'il ne parle pas trop, qu'il soit raisonnable. » Ah ! les mamans !...

— Mademoiselle Javotte, asseyez-vous près de moi, là, dans ce fauteuil. La fenêtre ne vous gêne pas?... Quelle bonne idée vous avez eue de venir !...

Elle est là et la belle journée s'embellit encore. Elle s'est assise. Étendu sur ma chaise longue, je la considère en silence. Le soleil, qui entre dans la chambre, dore sa peau comme la pelure d'un fruit. Elle se met à rire et son visage s'empourpre légèrement parce que, sans le vouloir, c'est avec un peu trop d'insistance que je considère cette peau dorée, que la robe noire découvre en carré sur le cou, cette peau au grain serré, si chaude, si vivante et qu'on devine tendue de toutes parts, sans un pli, sur ce corps jeune et cambré. Je me sens très libre avec elle, heureux de sa présence et, je ne sais pourquoi, une sorte de gaieté, de griserie joyeuse me rendrait presque impertinent.

— Alors, en quittant ma mère, qu'avez-vous fait?

— Je suis venue.

— En passant par l'église.

— Comment le savez-vous?

— Tout simplement parce que je vous y ai vue.

— Vous êtes allé à l'église, vous?

— J'ai même cru en vous voyant que vous attendiez quelqu'un.

— Quelqu'un? Vous m'intriguez. Et peut-on savoir qui?

— Non, j'en ai déjà trop dit. Ce serait indiscret...

— Oh! oh! je vois qu'on vous a parlé de moi, qu'on vous en a dit du mal; et vous l'avez cru?

— Moi, je n'ai rien cru... je plaisantais.

— Vous voyez, vous hésitez... Eh bien! je vais répondre pour vous : tout à l'heure, comme j'étais dans le vestibule, j'ai entendu que vous disiez à Olive : « Tu ne te trompes pas, ce n'est pas monsieur Paul qu'elle a demandé? » Vous avez donc cru que j'attendais votre ami... Oh! je sais les bruits qui courent ; je suis très libre avec tout le monde, il en résulte un tas de légendes qui m'amusent;

mais peu importe; en ce qui concerne votre ami, je vous le dis tout de suite : je ne voudrais pas, cela me gênerait qu'il y eût de votre part je ne sais quelle réserve à mon égard, si par la suite, comme j'en ai l'espoir, nous devenions de bons amis.

— Vous aimez tant les malades !...

— Ne vous moquez pas de moi. Vous voyez, je vous parle sans arrière-pensée. Je serai très contente, si je ne vous fatigue pas trop, de vous apporter de temps en temps une seconde de distraction et je ne voudrais pas que vous pensiez, quand il vous plaira de recevoir ma visite, que c'est du temps que je dérobe à votre ami. Si vous deviez avoir un scrupule quelconque de ce côté, j'en serais peinée. Je suis très franche. Je n'ai rien à dérober à votre ami. Je n'appartiens à personne.

— Oh! je n'ai pas été jusqu'à supposer...

Et je pense : « Pourquoi me dit-elle cela? »

Elle s'était levée ; elle se rassied après avoir approché de moi son fauteuil. Les coudes sur ses genoux, le menton dans ses mains, elle me demande gentiment :

— Dites-moi ce qu'on vous a dit de moi. Cela m'amuse de savoir !

Je me souviens de tout ce qui est parvenu à mon oreille : qu'on l'a vue avec Paul sortir d'un fourré, très émue et un peu décoiffée ; que ses coquetteries ont affolé, il y a deux ans, un jeune musicien dont la famille a dû intervenir ; qu'on la rencontre la nuit, déguisée en homme, allant à quelque rendez-vous secret. Mais s'il fallait croire tout ce qu'on raconte !...

— Cela vous intéresse donc bien ce qu'on a pu me dire de vous?

— Ou plutôt non, je désire savoir ce que vous pensez de moi. C'est votre opinion que je tiens à connaître. Le reste m'est tout à fait égal... Pourquoi riez-vous?

— Parce que vous avez les exigences d'une petite reine habituée à ce que rien ne lui résiste.

— Voilà ce que c'est !... Il ne m'arrive pas souvent de pouvoir causer librement avec vous ; alors j'en profite.

— Eh bien ! Mademoiselle, je pense que vous vivez ici un peu à l'étroit, que vous êtes faite pour le plaisir, l'aventure, la conquête. Je suppose qu'il ne vous est pas indifférent de plaire, que vous voulez plaire...

— Et puis?

— Je vous crois vite émue, prompte à vous dévouer, cordiale avec le premier venu. Il faut tout dire?

— Allez, allez...

Elle me presse, et, en même temps, je sens en moi, plus pressante encore, cette impulsion taquine, cette griserie joyeuse qui me porte, sans que je le veuille, à l'impertinence :

— Voilà, vous devez être incapable de rancune..., loyale en amitié..., infidèle en amour...

— Vous m'arrangez bien !...

— Vous avez un petit cœur traversé par tous les souffles chauds, qui se gonfle soudain, qui s'emporte, se promet un soir et oublie le lendemain. Un petit cœur capricieux et désordonné, ardent et distrait. Vous aimez tout le monde.

— Cela veut dire que je suis inconstante?

— Il y a trop de soleil en vous. Les pays dorés, les riches climats donnent le goût du plaisir. Une trop belle journée est l'ennemie du devoir.

Pendant que je lui parle, j'aperçois dans son visage un peu plus que de l'intérêt amical. Comment dire? Est-ce dans ses yeux si curieux de tout, si hardis et un peu trop éclairés en ce moment ; est-ce dans sa bouche tentatrice? Est-ce ici, est-ce là? En elle, quelque chose de fortuit, d'entr'ouvert, laisse échapper un sentiment enveloppant et fort comme le désir de me conquérir. Toute son attitude me dit : « Vous me plaisez. Vous me plaisez. » Je sens cela avec surprise et certitude.

— Je vois, répond-elle, qu'on vous a beaucoup parlé de moi... Mais qu'importe tout ce qu'on raconte et que je sois aimable et même que j'aie été coquette. Voyez-vous, je me suis souvent comparée à une petite lettre qui contient un peu de joie, un peu de bonheur et qui se rend à son adresse qu'elle ne connaît pas. La petite lettre passe entre bien des mains avant de parvenir à son destinataire. Parfois elle se croit arrivée, parce qu'en route quelqu'un l'a retenue, un instant, au passage ; mais elle s'aperçoit vite de son erreur et continue son voyage vers celui à qui elle est destinée. Les autres ont pu l'interroger, chercher à surprendre son secret, c'est à lui qu'elle va, c'est à lui seul qu'elle dira, une fois sortie de son enveloppe : « Voilà, c'était pour vous le bonheur que je contenais. »

Son regard ajoute clairement : « Vous serez celui-là si vous le voulez. Ne me comprenez-vous pas ? »

Ma raison voudrait me mettre en garde ; sa petite voix me dit : « Attention ! ne t'y laisse pas prendre. Elle est sincère, elle est pleine du désir que tu sois celui-là, et demain elle sera pleine du désir que ce soit un autre. Elle subit l'attraction de quiconque est avec elle depuis quelques instants. L'amour la possède. C'est une amoureuse. Ne te laisse pas prendre à son visage d'amoureuse. » Mais comment écouterais-je ma raison? C'est Javotte que j'écoute.

Elle m'a pris la main d'une façon naturelle et caressante :

— Vous n'êtes pas trop fatigué? Si madame votre mère en rentrant allait vous trouver souffrant? Elle dirait : « C'est cette petite Javotte qui l'a mis dans cet état. Il ne faut plus la laisser monter. » Dites-moi que vous n'êtes pas fatigué, que ma présence vous est agréable, qu'il vous plaira que je revienne...

Tandis qu'elle me dit ces choses et que sa douce main tient la mienne, je ne sais quelle lumière monte en moi comme se hausse, d'un tour de clé, la flamme d'une lampe. Je voudrais être sceptique et chacune de ses paroles m'ouvre une fenêtre sur le bonheur.

Ce que j'éprouve est si imprévu que j'en suis un peu étourdi. Tout à l'heure, j'appelais l'amour. Est-ce lui qui est venu ? Dans le chaud silence de la pièce nous demeurons l'un près de l'autre à nous regarder, comme deux êtres jeunes dont l'un n'est pas brisé, défait, malade, perdu.

O vie merveilleuse, pleine de surprises et de féerie, qui me fais ce dernier présent !

Ceci n'est rien, sans doute, que le jeu amusé d'une coquette, et je suis coupable de m'y laisser prendre. Pourtant, je sens que si j'étendais la main, si j'enserrais sa taille, si, d'une douce pres-

sion, j'inclinais sa tête vers la mienne, elle s'abandonnerait à mon étreinte. Quelque chose me dit : « Embrasse-la, c'est ce qu'elle désire ; ne la laisse pas partir sans avoir fait ce geste. Après tu seras malheureux. » Cette idée s'empare de tous les replis de mon cerveau. Elle s'y répand comme un liquide. Je ne puis

songer à autre chose : « Embrasse-la. Embrasse-la donc. »

J'ai avancé le bras. Elle s'est penchée ; elle m'a dit simplement :

— Mon ami...

Je cherchais sa joue ; c'est sa bouche que j'ai trouvée.

— Oh ! dit-elle, c'est fou !

La chaleur ou l'émotion enflamme son visage. Voilà, ce n'est rien qu'un baiser qu'elle m'a rendu avec une sorte d'emportement. Se peut-il que ce n'ait été de sa part qu'un geste banal? De la mienne, c'était le suprême élan vers l'amour d'une vie qui va se rompre, l'absurde, le déraisonnable, l'émouvant appel au bonheur d'un être sur qui on voit la mort tournoyer déjà comme un vautour.

— Il y a si longtemps que j'étais attirée par vous. Ne l'aviez-vous pas deviné, quand je venais exprès à l'heure où vous acheviez de déjeuner, parce que j'étais sûre au moins de vous trouver...

— Comment aurais-je pensé que vous ne veniez pas pour Paul?

— Ne parlons pas de Paul, parlons de vous.

Elle a dit « Paul » tout court. Il est vrai qu'on n'en doit rien conclure. Elle a pu, dans le feu de sa réponse, le nommer ainsi parce qu'elle répétait mes propres paroles. Elle ajoute :

— Avouez plutôt que vous m'aviez très bien devinée et, si vous persistez à le nier, je croirai que vous étiez aveugle.

— Je voudrais n'être pas aveugle en ce moment.

Elle ne relève pas ce mot dont elle n'a peut-être pas saisi tout ce qu'il contient de doute.

— Moi, dit-elle, je vous plaisais, je le savais.

— Comment?

— Je l'ai compris ce soir, vous rappelez-vous, où je passais avant le dîner. Il ne faisait pas encore nuit. Vous veniez de quitter le docteur ; vous étiez en bas. Je suis entrée un instant. Tenez, j'étais près de la fenêtre et vous me regardiez comme vous m'avez regardée tout à l'heure, d'une façon si intense que je sentais la chaleur de votre regard sur moi. J'ai dû rougir un peu. Vous ne vous souvenez pas?

— Il me semble. N'était-ce pas le jour de la fourrure?

— Quelle fourrure?

— N'aviez-vous pas une fourrure sombre autour du cou, qui glissait sur vos épaules?

— Oui, c'est cela, je revois très bien mon geste pour la ramener.

Moi aussi : je la revois, ramenant d'un geste vif cette bête brune au poil tiède qui semblait s'animer au contact de son corps.

Parce qu'elle avait chaud, elle la rejetait un peu sur les épaules, et la fourrure se remettait à glisser et à la découvrir jusqu'au moment où, détachée d'un côté, elle se déroulait sur son dos comme une chevelure, et je me rappelle, sans pouvoir le dire, ce que cette petite chose avait de voluptueux et de presque impudique.

Olive est entrée portant le courrier.

— Déjà la poste ! dit Javotte. Il doit être quatre heures passées.

— Cinq heures moins le quart, prononce Olive avec ce petit sourire fourbe qu'elle consacre d'ordinaire à Paul.

Je l'entends qui redescend bruyamment l'escalier, comme pour nous dire : « Je m'en vais. Ne croyez pas que j'écoute aux portes. » Javotte s'est levée :

— Allons, dites-moi de partir ; sans cela je n'aurai pas le courage de vous quitter.

Je prends ses mains. Elle tire. Je tire de mon côté. Les bras tendus, nous nous regardons en souriant.

— Êtes-vous si pressée? Restez encore un peu.

— Cinq minutes, alors, pas plus.

Elle marche dans la pièce, avise sur la table de nuit un livre.

— Tiens ! que lisez-vous là? *Essais de Michel Montaigne*. Ah !...

On sent, à son intonation, qu'elle n'a pas un respect excessif pour les noms chargés de la dorure des siècles.

— Ce n'est pas votre livre de chevet?

— Non, pas précisément.

Non, cela ne l'intimide pas, que, de si loin, un grand homme en poussière éclaire encore la pensée humaine, pareil à ces astres éteints depuis longtemps dont la lumière, lancée à travers l'espace, continue de nous parvenir.

Cependant, le volume qu'elle retourne entre ses mains s'est ouvert tout seul à une certaine page comme mû par la force de l'habitude.

— Voyez, dit-elle, la trahison de ce livre qui s'ouvre de lui-même au passage le plus familier. Nous allons tout savoir. Voyons un peu le titre du chapitre : *Que philosopher c'est apprendre à mourir*. Oh ! oh ! c'est à cela que vous pensez, vous? Vous pensez à la mort?

— Quelquefois.

— Voilà. Je le disais bien : « Ce malade, si nous ne l'arrachons pas à ses sombres pensées, finira par se détruire à petit feu !... » Mais il faut réagir, vous secouer !... Rien n'est plus mauvais que de demeurer là, entre quatre murs, seul avec votre tristesse. Il faut sortir de vous-même, vous tourner vers la vie. Ne voyez-vous pas que toutes sortes de bonheurs vous attendent qui s'impatientent d'être ignorés, délaissés, oubliés par vous?

— Ma petite Javotte, vous parlez là de choses...

— Que j'ignore? Vous vous trompez ; j'ai vu assez de malades ; j'en vois tous les jours ; dans ma famille même... et des malades comme vous... D'abord, votre

maladie, vous savez très bien qu'il n'en est pas de plus curable.

— Oui, je sais, c'est une phrase de médecin, une phrase de manuel. On la dit, on l'imprime. Cela remonte le moral

LE VOLUME QU'ELLE RETOURNE

à quelques-uns ; c'est parfait. Mais quand on est allé à Davos, on a vu assez de choses pour connaître que tout ce qu'on peut demander à un malade, c'est de faire consciencieusement son devoir. Le reste ne lui appartient pas. C'est affaire au tempérament ; c'est le secret de l'organisme.

— Et la volonté de guérir, qu'en faites-vous?

— Le désir de guérir, qui ne l'a pas? Qui ne désire pas guérir? Quant à la volonté de tous les instants, j'ai vu des individus qui avaient cette volonté-là, des individus très énergiques qui étaient persuadés qu'ils s'en tireraient et qui fondaient à vue d'œil. Aucune rechute ne les décourageait ; ils n'en marchaient pas moins vers la fin inévitable. J'en ai vu d'autres qui n'espéraient plus et dont l'état n'empirait point. En réalité, chacun porte en soi, sans qu'il le veuille, la victoire ou la défaite.

— Eh bien ! moi, je vous dis qu'il faut avoir confiance, que la confiance en toutes choses est la moitié de la chance... Mais ce n'est pas par des paroles que je veux vous convaincre... Vous allez voir, à mesure que nous deviendrons amis, comme vous allez reprendre courage... Et d'abord, pour commencer, il faut me jeter au feu tous ces philosophes, penser à tout ce que la vie vous doit et qu'elle vous donnera, quitter vos sombres idées, rire avec la folle Javotte et prendre d'elle une leçon d'espérance. Si madame votre mère était là, je suis sûre qu'elle m'approuverait, elle dirait : « Mais cette frivole Javotte a raison. » Vous verrez que j'aurai sur vous une bonne influence. Vous allez m'adorer... Allons, je vous laisse ; il est temps que je parte.

— Déjà !

— Les cinq minutes sont loin ; il est cinq heures passées. Je m'en vais. Ne me retenez pas. Vous savez bien qu'on vous quitte avec regret.

— Si vous dites cela, je vais me croire riche et demain je m'éveillerai pauvre, car vous m'aurez oublié.

— Là-dessus, vous savez très bien à quoi vous en tenir ; allons, au revoir.

— Quand reviendrez-vous?

— Plus tôt, peut-être, que vous ne pensez.

Elle est près de la porte.

— Dites-moi que je ne vous ai pas trop fatigué.

Elle me pose la question, mais elle est sans inquiétude, amusée, rieuse. Elle sait d'avance ce que je vais lui répondre :

— Comment pouvez-vous me demander cela?

— Vrai? Bien vrai? Allons, au revoir.

Elle s'en va. Je voudrais la retenir encore. Il est trop tard. La porte s'est refermée. Elle s'en va, légère, un peu trop gaie peut-être, déjà détachée de moi, et la chambre aussitôt se dépare, se désembellit. Il ne me reste même pas aux doigts cette trace argentée que vous laisse de son contact l'insecte chatoyant dont on a tenu les ailes une seconde. Rien. Le charme s'est évaporé. Je suis seul. Mes yeux étonnés cherchent quelque chose, je ne sais quoi, qui prolongerait le prestige ; ils ne découvrent que l'air dévelouté, que le morne décor d'une fête trop tôt finie. Elle est partie, elle qui n'était rien pour moi, il y a une heure. Comme ma vie soudain s'est éclairée et maintenant comme elle s'obscurcit !

Mais que fait-elle en bas? Un bruit de voix étouffées me parvient du vestibule. On a ouvert tout doucement la porte d'entrée. Il me semble qu'on chuchote sous ma fenêtre. Quelques instants se passent. Je me lève pour aller voir, lorsque soudain, lancée du dehors, une petite branche de mimosa, coupée à un arbre qui pousse contre la maison, tombe à mes pieds. En même temps, le rire chaud de Javotte éclate dans le silence.

— Voilà ! c'est encore moi ! Au revoir, à bientôt !...

J'ai ramassé la branche de mimosa à laquelle est épinglé ce petit billet qu'elle vient de griffonner en hâte au crayon :

« Rappelez-vous que je suis la très spontanée, la très fidèle, la très dévouée Javotte qui, pour vous procurer une demi-heure de plaisir, serait capable de… folies. »

XIV

SUR L'AMOUR ET L'AMITIÉ

Je rêvais de Javotte. Dans le même temps, le jeune chien de la villa Suzanne, qu'on avait oublié dehors, gémissait avec force. Je percevais ses gémissements à travers mon sommeil et j'en éprouvais une vive contrariété dont je ne discernais pas la cause. Cette contrariété se répandit peu à peu sur mon rêve, se confondit avec lui, en sorte que la visite de Javotte m'apparaissait comme une chose désagréable et pénible, sans que je pusse m'expliquer pourquoi. C'est seulement lorsque je m'éveillai que les deux objets se séparant, Javotte reprit tout son attrait.

C'est le matin. Au creux de moi-même, je porte un doux secret. Je goûte d'abord un plaisir délicat à ne pas le déranger, à ne pas troubler le silence où il repose. Mais je le porte ; et je me laisserais certainement aller à toucher ma poitrine pour m'assurer, comme d'un trésor, qu'il est toujours là, si je ne sentais sans cesse dans mon cœur sa présence légère, son poids tiède et vivant.

L'éternel enivrement des premières heures de l'amour, comme je le connais !

Tout vous paraît neuf, important, renouvelé ; tout vous émeut. Ce qu'on croyait banal se transfigure. Les mots les plus usuels ont un son inconnu qui nous ravit et c'est, le long de la journée, mille choses

J'AI RAMASSÉ LA BRANCHE

insignifiantes qu'on ne voyait pas et qu'on découvre, mille riens délicieux qui vous font tressaillir à leur choc et vous émerveillent de surprise.

Je m'avance dans cette région enchantée, un peu étourdi, un peu grisé. Je ne sais plus si je suis malade ; je ne vois plus le lit, la chambre, la mort proche.

J'ai en moi comme des milliers d'yeux qui s'ouvrent. L'intérieur de mon être n'était qu'une solitude morne ; j'entends tout un peuple s'y agiter. Les sensations en foule font dans mon cerveau un bruissement de feuilles; les avenues vides que suivait ma pensée, et où régnait l'ennui, sont comme pavoisées, emplies d'une rumeur de fête. Je me sens agrandi, augmenté, multiplié.

Dans une minute semblable à celle-ci, animé pour une autre Javotte des mêmes sentiments, voici ce que j'écrivais [1] :

« Vraiment, je suis bien demeuré le collégien de seize ans, qui rêvait d'accomplir des actes de héros en sortant de chez la première femme qui éveilla son cœur. Je retrouve en moi la même fougue, les mêmes élans généreux, le même besoin de me dépenser, la même fièvre, la même griserie, les mêmes frémissements, et cette exaltation de tout l'être d'où sortent les grandes œuvres et qui sera vaine ici. Quel paladin, quel chevalier de roman, quel sublime et ridicule don Quichotte se lève en moi chaque fois qu'un regard de femme vient éclairer le recoin de mon être où il dort dans l'ombre? Personnage dont l'épée est rouillée et qui fait des gestes d'un autre temps, figure risible qui reste si jeune étant si vieille : quel est l'ancêtre qui survit ! ainsi, qui se continue en moi?

« D'où me viennent ces explosions de

tendresse qui me soulèvent tout à coup, cette ivresse de bonté idéale qui me ferait embrasser l'univers dans un visage chéri?

« D'où me viennent ces grands sursauts de mon âme prisonnière, ce besoin absurde et magnifique de me

1. Voir l'*Envers d'une Courtisane*.

dévouer, cette force d'amour que j'émiette, que je disperse sans l'épuiser ?

« Je me revois, sortant des bras de cette femme qui, la première fois, exalta en moi cette force d'amour. Il me semblait que je portais dans ma personne le signe de cet événement considérable, et je m'étonnais que les passants ne le vissent point. Je circulais parmi eux et je regardais, étonné, ces gens *qui ne savaient pas*. C'était par un après-midi lumineux. Je longeais le Parc Monceau, dont les grilles interceptant le soleil faisaient courir devant mes yeux mille petites raies d'ombre. Je revois le velours vert des pelouses à travers ces grilles et des fuites d'enfants qui jouaient. J'avançais, et je ne me sentais pas marcher. Mon orgueil dilaté me soulevait de terre comme un aérostat. Le fait d'avoir quelque part dans le monde une compagne, une amie, une maîtresse, me faisait vivre un tel rêve que je ne parvenais pas à en prendre nettement conscience. Mon âme venait de s'enrichir de son âme, de toute cette région inconnue, inexplorée, qui m'appartenait désormais. Je n'avais plus seize ans. Je n'étais plus un enfant. J'avais nos deux âges réunis. J'étais un total formé de nos deux vies. Alors, le besoin de lui écrire sur-le-champ me fit chercher un bureau de poste. Je ne sais quel désordre de mots je jetai sur le papier. Je regardai avec tendresse ma lettre disparaître dans la boîte, et je me mis à la suivre en imagination jusqu'au moment où mon amie la lirait. Je pensais : « Quel visage aurons-nous quand nous nous reverrons ? Comment nous comporterons-nous l'un devant l'autre ? » Maintenant que nous étions amants... « Amants ! Amants ! » J'écoutais retentir à mon oreille le doux bruit de ces syllabes. « Amants ! me répétais-je grisé. Le lien le plus doux, le plus fort, le plus terrible nous unit ; et, quoi qu'il arrive, même si nous devions rompre sur l'heure, rien ne pourrait faire que ce qui est n'ait pas été. »

« Ainsi pensais-je ; et ma désillusion fut grande quand je la revis. Le personnage que je croyais être mourut soudain devant elle. Son visage indifférent me montrait le peu de cas qu'elle faisait de cet événement pour moi si considérable. Je me trouvai glacé, dépossédé d'elle par cette indifférence. L'élan me manqua pour réchauffer notre entrevue, la voix aussi. Je fus pauvre de gestes et pauvre de mots. Et ce fut ma première tristesse d'amour.

« Comment suis-je demeuré le même ? L'expérience ne m'a-t-elle pas appris qu'il n'est pas de contact, de lien moral ou charnel qui de deux êtres forme un tout ? Ne sais-je pas que chacun dans la vie est éternellement seul ? Comment m'arrive-t-il encore de demander à l'amour ce qu'il ne peut donner !... »

C'est bien moi, André Gilbert, qui écrivais ceci, il y a quelques années. En le relisant, il me semble reprendre une conversation interrompue, commencée entre les êtres depuis toujours et qui ne sera jamais close ; en me relisant, j'ai l'impression qu'il y a des mots qui s'attirent, qui viennent se placer tout naturellement l'un à côté de l'autre sur la page, qui se retrouvent avec bonheur, avec familiarité, pour avoir été si souvent accouplés depuis la première fois que les hommes ont ressenti ce trouble étrange à leur sein gauche, des mots qui se recherchent pour s'être fréquentés quelques instants dans des phrases éphémères ou pour avoir, ensemble, dormi des siècles dans des livres éternels, des mots qui expriment des sentiments, des désirs, toujours les mêmes, qui meurent avec les lèvres qui les ont prononcés et ressuscitent sur des lèvres nouvelles, si bien qu'en les traçant on se demande si c'est la plume qui les choisit ou si c'est eux qui conduisent la plume.

J'éprouve cette impression en relisant ces lignes que j'écrivais à mon tour, après tant d'autres, en une certaine minute semblable à celle-ci. Je me rappelle... j'étais plein de jeunesse et si frémissant ! Aujourd'hui brisé, défait, regardant déjà le terme de ma course, je suis encore le même. La vie qui déchira les ailes de ma tendresse, le mal qui m'a saisi et me tient à la gorge n'ont pu éteindre ce foyer qui m'embrase. Ce qu'il y avait en moi d'enthousiasme, de passion généreuse y bouillonne toujours. Mes mains, qui n'ont tendu aux autres que l'amour et l'amitié, ne sont pas moins ardentes, si la force de les lever se retire de moi chaque jour. Bientôt mon front sera vide et inerte ; toutes mes voix intérieures se tairont ; tous mes bruits feront silence, et je me retrouve encore pareil à ce collégien de seize ans qui rêvait d'accomplir des actes de héros en sortant de chez la première femme qui éveilla son cœur !...

Ce n'est pas que je m'illusionne. Je sais que si l'amour comme l'ivresse amplifie l'homme, lui ôte la vue de ses limites, le dilate, l'exagère, le fait déborder, il ne le transforme point. Je sais quels penchants secrets il va exalter en moi. Chaque fois, je l'ai senti accomplir la même œuvre ; chaque fois ayant jeté mon être dans le même délire, il m'a rendu plus sensible et plus douloureuse cette inquiétude qui est le fond même de ma vie. Mais, ce matin, le sentiment qui m'habite est si neuf, si doux, que je me refuse à croire ce que je sais. Il ne me domine pas ; je n'en suis pas l'esclave. Je m'appartiens encore. Je ne suis pas assez amoureux pour souffrir. Et, d'ailleurs, quel motif en aurais-je? Ce que j'éprouve est léger, si léger que je me sens positivement soulevé. Mon sang court plus vite. Je goûte avec une griserie joyeuse ce moment, le meilleur, le plus mystérieux, ce moment divin qui s'appelle le commencement de l'amour.

Vers dix heures, Olive m'a remis ce billet qu'on venait d'apporter de la part de Javotte :

« Je ne me tiendrai pas tantôt d'aller prendre des nouvelles de mon ami. Je passerai vers trois heures. Ne vous dérangerai-je pas? Je serais si heureuse d'apprendre que mon long bavardage d'hier ne vous a pas trop fatigué, que vous avez bien dormi et que vous êtes toujours dans les mêmes dispositions à l'égard de votre

« JAVOTTE »

Comme j'achevais de lire ces lignes, Paul est entré dans ma chambre. J'ai aussitôt caché le billet. Mon mouvement qui fut instinctif me surprit moi-même. C'est alors que je compris que ma joie contenait un poison que je n'avais pas soupçonné tout d'abord.

Certes, il ne m'a pas fait de confidences et les premières paroles de Javotte ont été pour apaiser mes scrupules. Qu'elle n'éprouve pour lui que de la sympathie, je peux l'admettre ; mais ce qu'il éprouve pour elle... voilà le doute, le poison. Mon geste pour cacher ce billet ne contient-il pas toutes les hypocrisies futures? Ne me faudra-t-il pas, dans la suite, feindre, dissimuler à l'égard de ce tendre compagnon, de ce camarade préféré, auquel me lient tant de chers souvenirs?

Ses lettres, à Davos, quand il a commencé à croire vraiment que j'étais en danger, quand il s'est vu sous la menace de me perdre, ses lettres, je les ai là, dans ce tiroir. J'attends qu'il soit parti pour prendre le paquet. Il est parti et le paquet voisine sur mon lit avec le billet de Javotte que j'ai caché tout à l'heure. Tant de paroles fraternelles qui soulèvent ces pages pliées m'appellent et s'opposent à l'influence qui monte du court billet. Au hasard, j'ai pris une lettre ; je lis :

« Ne dis pas, mon cher André, que je pleurerai quand je ne t'aurai plus, avec cet air de sous-entendre que je n'ai pas jusqu'ici apprécié à sa mesure ton affection pour moi. Mais elle est la chose à laquelle je tiens le plus ; elle est mon refuge, ma lueur dans l'ombre, mon plus sûr guide, mon génie bienfaisant. Sans elle que deviendrais-je? Quand je suis découragé ou malheureux, c'est à toi que je vais d'instinct, parce que c'est de toi que m'est toujours venu, aux passages difficiles, le signe d'espérer, la parole attendue, le geste d'assistance, le salut. Ton affection ! mais j'ai pour elle les terreurs qu'on a pour ce qu'on chérit et qu'on redoute de perdre. Je tremble de la voir seulement se réduire. S'il m'arrive d'avoir des torts en quoi que ce soit vis-à-vis de toi, si tu as le moindre motif de m'en vouloir, je n'ouvre pas une de tes lettres sans aller aussitôt à la fin, avec la crainte que « je t'embrasse » ne soit plus là, avec la crainte que ton prénom ne soit plus seul, mais suivi de

ton nom qui vienne mettre de la distance entre nous... »

Dans une autre :

« Est-ce possible qu'il y ait des êtres tels que toi ! A travers toutes mes joies, j'ai toujours vu ton cœur. Je m'attendris

OLIVE M'A REMIS CE BILLET

en pensant à la délicatesse de ta nature. Mais tu souffres, tu es faible, tu as la fièvre ; ta vie un instant se ralentit ; et moi, je ne pourrai rien pour toi !... Ah ! si tu savais combien je tiens à toi, par quelles racines profondes, impossibles à arracher, par quelles fibres tenaces du cerveau et du cœur ! Si tu savais comme je souffre, moi, l'être du regret et du repliement, quand je me dis que parfois j'ai pu être brusque ou égoïste envers toi !... Puisses-tu sentir à travers ces lignes que je t'aime vraiment comme un frère !... »

J'en ai là tout un paquet de ces belles, de ces bonnes lettres où je retrouve le même accent et comme la voix chaude de ce fidèle compagnon de mon passé, de cet ami sensible, de celui que j'ai associé à mes plus nobles émotions. Dans mes heures les plus sombres, encore récemment quand j'évoquais avec effroi le moment où j'appartiendrais à la terre, je songeais, oui, je songeais sans oser l'écrire que si je n'avais pas ma chère, mon admirable mère, l'être qui m'a le plus aimé et qui, quelque jour, viendra dormir côte à côte avec moi, plutôt que de pourrir seul dans un cimetière, fût-ce le plus poétique, j'exprimerais le désir d'être incinéré et je laisserais une petite urne en or, que je ferais confectionner par un orfèvre, pour contenir mes cendres. « Ce dépôt, me disais-je, c'est à Paul que je le confierais en le priant de le conserver sur sa table à écrire. Ainsi, chaque jour, il aurait sous les yeux dans cette petite urne tout ce qui demeurerait de la matière périssable de son meilleur ami. Puis, quand le charme se serait enfui, quand il aurait cessé de se retourner avec émotion vers ma figure disparue, car le culte du passé s'abolit à la longue, ce jour-là, il prendrait la petite urne, il irait éparpiller ma cendre à tous les coins de ce pays dont j'ai tant senti la douceur, la beauté, le silence et la mort. Il en répandrait une partie devant le banc où j'attendais celle qui grava mon nom sur le parapet du château de Fontarabie ; il répandrait le reste au pied des deux petits saules de Véra, à un certain endroit de la route d'Ascain, devant la porte close du vieux parc d'Irun. Alors, un peu de vent se lèverait qui me mêlerait à ces choses enchantées, parmi lesquelles j'ai goûté les meilleurs, les plus doux instants de ma vie. »

Voilà ce que je pensais ; voilà ce que j'imaginais ; voilà quels sentiments m'inspirait cet ami fraternel ; et maintenant, vais-je le traiter en adversaire? Vais-je cesser de l'aimer? Plein d'une prudence coupable, vais-je pour la première fois me cacher de lui ? Entravé dans mes mouvements, porterai-je mon cœur trop lourd, avec mille précautions, comme un vase empli jusqu'au bord, ayant la crainte qu'à chaque pas il ne se répande, il ne se trahisse? Ruser, se contraindre, mentir, comme cela me convient peu ! Moi qui ne suis à l'aise que dans la confiance, l'abandon, l'amitié, si j'entends son pas dans le couloir, s'il rentre quelque jour d'une de ses promenades après que Javotte m'aura quitté, faudra-t-il que je pense : « Voici l'ennemi. Éteignons le feu de ce regard, remettons de l'ordre dans ce visage, effaçons la trace de Javotte. Passons le râteau ? »

Cela est-il possible ? Ne pourrai-je arracher de moi cette passion naissante? Pour la première fois de ma vie, rougirai-je d'avoir manqué à l'amitié?

Au reste, tout n'est-il pas folie dans cette aventure? Je le sais bien que c'est folie et j'agis comme si je l'ignorais. A ne considérer que moi, dans mon état, quelle sécurité puis-je avoir? Elle, si pleine de sève, de forces qu'elle ne contient pas, ivre de mouvement, de joie, de conquête, et si mobile, si prompte à s'adapter à celui qu'elle veut séduire... Quelle sécurité puis-je avoir? Encore, ne serait-elle pas ce que je crois, je sais bien comment je suis, moi. Je souffrirai. Je me dis tout cela et je sens que rien ne m'arrêtera. Je serai malheureux, sans doute, torturé, trahi. Tant pis ; ce n'est plus de la vie médiocre... Ah ! ne plus penser au mal, à la fièvre, au docteur, au destin ! Souffrir, être haletant, déchiré ; mais ne pas finir parmi les châles et les médicaments ; finir foudroyé dans le beau désordre de la passion ; sentir s'éteindre les derniers tressaillements de son être dans un grand bonheur voluptueux et, par un baiser, entrer dans la mort !... Non, rien ne m'arrêtera... Alors, à quoi bon raisonner ?

XV

L'ADVERSAIRE

La voici. J'ai reconnu sa façon d'ouvrir la porte d'entrée. Maintenant elle cause avec ma mère dans le vestibule.

— Bonjour, madame. Je viens prendre des nouvelles de votre cher malade, savoir si vous ne l'avez pas trop grondé hier de m'avoir gardée si longtemps.

— Au contraire, j'étais très contente que vous ayez bien voulu le distraire ; mais il a besoin de se ménager.

— Aussi, je ne fais que monter... Ce n'est pas une visite... Je ne reste pas.

— Mais si, restez un moment. Ça lui fera plaisir.

Ma mère est retournée à ses occupations. J'entends un pas jeune et conquérant qui gravit l'escalier. Mon pouls, mes tempes battent avec force. Elle est derrière la porte vers laquelle je me tourne avec une impatience et une joie

qui me feraient crier. Elle a frappé et, aussitôt, je vois remuer le bouton qu'elle a saisi.

— On peut entrer ?

— Entrez vite.

La porte a tourné. Javotte est devant moi, éblouissante, qui me demande :

— Comment va mon ami, aujourd'hui ? Est-ce vrai que vous n'étiez pas trop fatigué ?

— Non, pas trop.

— Un peu, alors ?

— Non, non, pas plus que d'habitude.

Elle s'est assise, comme hier, près de moi, dans un fauteuil. Elle m'a pris les mains et tout me paraît beau, simple, facile, merveilleux. Ce que j'éprouve, je ne le sais pas très bien. Je rêve que, par nos mains réunies, nos veines se joignent, nos vies se confondent ; je voudrais ce que je voulais à seize ans, ce que j'ai toujours voulu, ce que j'ai toujours cherché, ce que je n'ai jamais réalisé.

— Qu'ont-elles, mes mains ?

Elle me les tend ouvertes, met, l'une après l'autre, ses paumes sur mes lèvres, et ses doigts écartés se referment sur ma moustache avec une douce violence.

Mains des puissants qui commandent à leurs semblables, mains qu'on regarde signer et dont le paraphe fait entrer la fortune ou la congédie, mains sur qui se fixèrent tant d'attentes, de désirs et d'espérances qu'une fois l'âge venu, elles demeurent plus vivantes que le front où s'efface la pensée, aucune d'elles n'a connu de plus humbles, de plus ardents regards que la petite main de l'amie qui possède notre cœur.

Javotte me dit :

— Je crains que votre mère ne soit fâchée. Elle est partie tout de suite...

Je l'aime bien, mais elle ne va pas m'empêcher de vous voir, à présent...

— Pourquoi voulez-vous qu'elle vous en empêche?

— Je ne sais pas. J'abuse peut-être en venant deux jours de suite. Maintenant je vais toujours m'attendre à ce qu'un tas d'obstacles se dressent entre nous... Je suis inquiète.

On ne le dirait pas. Elle est gaie ; elle me conte, en riant, un potin qui l'amuse ; mais elle s'interrompt devant mon air sérieux.

— Vous me trouvez trop gaie? Vous n'aimez pas que je rie?

— Si, si, riez, Javotte... Au contraire, j'aime, quand le rire vous secoue, entendre le bruit haletant, le bruit perlé, le bruit de source que fait la joie qui s'échappe de vous.

— Ne me dites pas cela ; vous allez me rendre insupportable.

Je la regarde qui se penche vers moi, qui se renverse sur son fauteuil, qui se lève, qui se meut dans sa robe noire. Chacun de ses mouvements la sculpte. Est-ce une jeune fille, cette amazone ?

J'ai connu des femmes dont la beauté était complétée par leur costume. Elles ne suggéraient pas l'idée de les séparer de leur ajustement ; on ne songeait pas, en les voyant, à leur corps caché dans leur robe. Au contraire, Javotte, dès qu'elle m'apparaît, m'impose l'image d'une beauté ardente et captive. Cette robe ne fait pas partie d'elle, c'est une prison d'étoffe qui l'impatiente. Chez les autres, le vêtement semble naturel comme l'écorce d'un arbre ; chez elle, c'est un déguisement. Car Javotte est une créature d'amour. Elle respire l'amour, l'exhale comme son parfum

propre ; elle en vit ; elle en rayonne. Tout en elle appelle le désir.

Je ne sais quel sera son destin, s'il tiendra dans les limites de ce village, ou s'il se répandra sur le monde ; mais des grandes amoureuses elle a tout, plus que la beauté, cet attrait, ce grand charme profond, ce tendre ensorcellement, cette voix qui vous prend le cœur, ce sourire qui semble donner plus qu'elle-même, ces longs regards voluptueux qui font vivre et mourir.

Elle s'est rassise près de moi. Nos têtes, comme hier, se sont rapprochées. Je lui demande :

— Qu'avez-vous fait depuis que vous m'avez quitté?

— J'ai pensé à vous. Et vous?

— J'ai pensé à vous.

Nous nous disons cela et d'autres choses aussi banales et toujours nouvelles. Mais, ce qu'il faudrait rendre, ce ne sont pas les paroles, les paroles ne sont rien, c'est ce qui se cache sous leur surface. Par eux-mêmes, les pauvres mots n'expriment pas ce que j'éprouve de vif, de violent, d'irrésistible en sa présence, comment je me sens entraîné, emporté hors de moi-même par une sorte de galop qu'elle semble vouloir accélérer encore.

Tout cela n'est pas dans les mots que notre bouche prononce. Et pourtant, à cause des sentiments qu'ils voudraient peindre ou déguiser et parce que l'amour les a touchés de son doigt magique, quand nous cessons de parler, je les entends bruire dans la chambre, longtemps après que nos lèvres se sont tues.

Elle me dit :

— Je vous ai apporté ceci ; c'est une médaille bénite, ma médaille de première communion que vous allez me

A L'OMBRE DES ÉGLISES

promettre de porter sur vous et qui vous guérira.

Influence de l'Espagne proche où l'on s'aime à l'ombre de l'église ! Je souris.

— Vous voulez donc bien que je guérisse?

— Comment, si je le veux ! C'est mon plus cher espoir.

— En somme, je vous intéresse parce que je suis malade...

— Je ne devrais pas vous répondre, mais je suis bonne. Si je désire votre guérison, entendez-vous bien, ce n'est pas parce que vous êtes malade, c'est parce que c'est vous.

— Mais alors, c'est de l'amour !...

— Qui sait?

Je voudrais poser ma tête sur ses genoux, lui dire simplement : « Je vous aime », et puis je voudrais qu'elle me prît dans ses bras et demeurer longtemps, à me sentir plus chétif, plus heureux, plus parfumé que l'insecte qui dort au cœur de la rose. Voilà ce que je voudrais ; et je lui parle sur un ton de léger badinage.

Elle reprend :

— Vous aussi, vous me croyez frivole parce que je suis gaie. Vous savez, sur un quai de gare, au moment de quitter ceux qu'on aime, on plaisante, on dit des choses légères, on rit pour ne pas se montrer ému ; eh bien ! je suis toujours comme sur un quai de gare. Je plaisante, je ris, j'ai l'air comme ça... Mais on ne voit pas ce qu'il y a dessous. On me croit incapable d'éprouver une émotion profonde ; oui, on me croit frivole parce que je suis gaie...

— Vous êtes une grande méconnue.

Elle s'est penchée vers moi, elle me baise doucement le front.

— Et vous, cher railleur, cher incré-

dule, ne doutez pas, ne doutez plus de moi... et promettez-moi une chose?

— Laquelle?

Avec un peu d'hésitation et beaucoup de gentillesse, elle répond :

— Je voudrais savoir, je voudrais être sûre que, chaque matin en vous éveillant et chaque soir avant de vous endormir, vous me donnez votre première et votre dernière pensée...

Je n'ai pu m'empêcher d'avouer :

— Avez-vous besoin de me le demander?...

Cependant, l'horloge de l'escalier a sonné quatre heures, puis la demie. Ma mère est entrée. Elle prononce sur un ton de légère gronderie :

— Mademoiselle Javotte, je suis obligée de faire le gendarme.

— Oh ! Madame, je comprends très bien. Je n'étais montée que pour une minute, et puis on s'attarde. On ne sait pas limiter son plaisir. Je suis en faute ; je le déclare... Deux jours de suite, c'est trop. Maintenant je ne reviendrai plus qu'à la fin de la semaine. Vous allez peut-être trouver que j'abuse?...

— Pas du tout. Venez souvent. Cela me fera plaisir. Causer modérément, se distraire, cela ne saurait être défendu à mon malade. Mais, hier soir, il avait des frissons, et je le trouve un peu faible en ce moment... Ces temps trop chauds qui sont venus subitement fatiguent même les gens bien portants, à plus forte raison... Tiens, voici Paul qui rentre... Il n'a pas fait une longue promenade aujourd'hui... Mais non, il ne rentre pas... Il fait les cent pas... on dirait qu'il attend quelqu'un... Ah ! voici qu'il se décide...

On entend le bruit de la porte fermée sans discrétion, le pas de Paul qui monte.

Il va à sa chambre pour y jeter sa canne et se promène dans le couloir.

— C'est étrange, reprend ma mère, qu'est-ce qu'il a aujourd'hui?

Je dis à Javotte :

— Il s'impatiente. Il comptait peut-être se promener avec vous. Olive a dû lui dire que vous étiez là.

Elle me répond :

— Ne nous occupons pas de lui, je vous prie. Si cette façon singulière de monter la faction devant votre porte signifie ce que vous dites, je m'étonne qu'il n'en ait pas compris l'inconvenance. Nous n'allons pas paraître le remarquer. Est-ce que je dépends de ce monsieur, par hasard?

Elle ajoute avec une expression de regret :

— Mais vous voyez, c'est comme une conjuration : tout le monde me chasse de chez vous, aujourd'hui.

— Oh ! ma petite Javotte, proteste ma mère, que dites-vous là? Vous savez très bien que je suis heureuse de vous voir ici. Vous ne croyez pas cela, je pense. Mais moi-même, est-ce qu'il ne faut pas que je me prive de parler souvent quand je vois qu'André s'anime?... Je suis toute la journée comme un crampon. Quand il a trop lu ou bien s'il écrit une lettre un peu longue, j'interviens... C'est un rôle bien ingrat, allez...

Le pas de Paul dans le couloir n'a pas cessé. Alors, ma mère se décide à ouvrir la porte.

— Entrez, Paul. Que faites-vous là?

Il entre. Il a cette raideur et cette pâleur que lui donnent l'inquiétude et la jalousie. Il s'incline devant Javotte.

— Tiens, dit-il, je croyais vous trouver chez les Salaberry?

Son ton de voix lui-même a quelque chose d'inusité. On sent qu'il a la gorge contractée.

Elle répond, narquoise :

— Et vous voyez, j'étais ici.

— Je vois, dit-il.

Il reste pâle, crispé. Lui, si maître de son caractère d'ordinaire, je m'étonne qu'il ne sente pas l'étrangeté de sa conduite. Je ne peux m'empêcher de lui dire :

— Tu n'as pas l'air d'être dans ton assiette, aujourd'hui. Qu'est-ce que tu as?

— C'est vrai, j'ai une de ces migraines !...

Et pour couper court :

— Tu permets que je fasse servir le thé ici?

Il appelle Olive. Nous prenons le thé. Nous causons peu. L'arrivée de Paul a retardé le départ de Javotte. On sent qu'elle aurait l'air de céder à une injonction. Nous sommes d'accord tacitement sur ce point. Javotte ostensiblement ne s'adresse qu'à moi. Paul continue de marcher dans la chambre et, quand il nous tourne le dos, il a des coups d'œil à la glace pour y surprendre notre attitude. Évidemment, il souffre, mais sa souffrance n'est pas sympathique. Tout en lui est désagréable : sa voix blanche de colère, sa nervosité, son air artificiel et surtout cette absence de tenue. Ah ! comme son silence simplement douloureux me toucherait davantage ! Mais je ne vois en lui que l'impatience de se satisfaire, d'être seul avec elle, son irritation devant l'obstacle, son droit méconnu de premier occupant. Oui, quelque chose en lui de cassant, d'insolent ou seulement de guindé, de hautain, me déplaît suprêmement et lui ferme mon cœur. Mais je sens que je suis injuste...

Enfin, Javotte se lève pour partir.

— Je ne veux pas abuser plus long-temps, chère madame, de votre hospitalité.

Paul, qui s'apprête à la suivre, lui demande :

— Peut-on savoir où vous allez... si je ne suis pas trop indiscret?

JE SUIS VENU M'ACCOUDER

— Chez madame Toledo.

— Moi aussi.

— Comme ça se trouve ! dis-je ironiquement.

— N'est-ce pas? appuie Javotte, en échangeant avec moi un sourire de complicité.

Ceci est encore un petit lien entre nous. En cet instant, elle m'appartient encore un peu. Tout à l'heure, pour elle, je ne serai plus rien. Paul a ouvert la porte. Son visage s'est détendu. Il me l'enlève ;

c'est ce qu'il voulait. Pour le reste, ils s'expliqueront. Du premier coup d'œil, il a compris, deviné que j'étais le danger, l'adversaire. Il va se défendre. C'est son droit.

Ce droit, il vient de l'affirmer sans paroles d'une façon aussi peu discrète que possible. Je ne puis m'y tromper.

Et moi, où vais-je ? Qu'adviendra-t-il de tout cela?

Quant à Javotte, au moment de me quitter, elle semble avoir repris toute son insouciance. Elle se retourne pour me dire :

— Au revoir... A bientôt !

Mais je suis si exigeant que je voudrais quelque chose de plus. J'entends Paul qui lui dit, en descendant l'escalier :

— Cette pauvre madame Toledo !... Elle a de si gros bras que, lorsqu'elle retire ses longs gants noirs, elle a toujours un peu l'air de retirer ses bas.

Elle rit bruyamment. Elle ne lui tient pas rigueur de sa conduite. La situation est renversée. C'est lui qui a l'avantage, maintenant, par le seul fait qu'ils s'en vont ensemble. Espérais-je qu'elle partirait seule? N'est-il pas naturel qu'il l'accompagne? Ne la reconduit-il pas ainsi chaque fois? Ils sont camarades, ils sont intimes ; que ne sont-ils pas?... Et moi, je serai toujours le même, toujours inquiet...

Je suis venu m'accouder au balcon pour les suivre des yeux. Alors, Javotte lève la tête. Elle devine que je suis triste, et, pour me consoler, elle me jette, dans un sourire, un regard chaud comme un baiser.

XVI

L'ATTENTE

Paul a changé. Maintenant, quand nous nous retrouvons le soir dans la petite salle à manger, ce n'est plus l'homme heureux qui dissimule sa joie, qui baisse les paupières, comme on tire un rideau sur une fête clandestine. S'il marche, il semble nerveux ; s'il s'assied, il semble prostré. Il prend un journal, le rejette et regarde le feu. Lui parle-t-on ? il sursaute. Se croit-il seul ? il soupire, et sa bouche, involontairement détendue, demeure ouverte. Or, ceux qui vivent la bouche ouverte ne gardent pas longtemps un secret.

Tout à l'heure, après le déjeuner, comme nous étions seuls, il m'a dit :

— Cette vie-là n'est plus possible ! Voilà quinze jours qu'elle me fait droguer...

Je le regardais un peu narquois, avec cette pensée : « Ah ! ah ! tu y viens, mon bonhomme. » Il ajouta :

— Au début, c'était charmant ; nous nous rencontrions chez les Salaberry, des gens très accueillants, très gentils... nous faisions de la musique ; puis je suis allé chez elle... Sa mère qui est souffrante, sa sœur qui est très timide nous laissaient seuls... Alors l'intimité est venue... Nous nous promenions dans les bois... c'était délicieux... Elle aime le romanesque ; elle me disait : « Je ne sais pas si je pourrai vous voir demain. Vous trouverez ce soir, à dix heures, à tant de pas de telle borne kilométrique, sous une pierre, un billet qui vous fixera »... Tu vois l'air d'aventure que cela prenait avec l'atmosphère de ce pays... Un soir, je ne me souvenais plus du nombre de

pas, trois, quatre, ou cinq. Je culbutais tous les cailloux et, troublé par l'émotion, je ne trouvais rien ; enfin je mis la main sur le précieux billet... quelle détente !... Un autre jour, je l'attendais embusqué derrière une haie ; elle ne venait pas... au dernier moment, un pâtre à cheval, au galop, se montre sur la route, s'arrête à l'endroit précis où je me trouvais et me passe par-dessus la haie une lettre changeant l'heure du rendez-vous... Tous les gens du pays sont à sa dévotion ; sa séduction s'exerce jusque sur eux... Son père, de son vivant, faisait beaucoup de bien ; son oncle est curé d'Espelette... Si c'est à lui qu'elle se confesse, il doit en savoir plus que moi sur son compte, car, pour ma part, je suis aussi perplexe qu'au premier jour... Je ne comprends rien du tout à cette fille...

J'ai fait un effort pour lui demander :

— Es-tu son amant ?

— Tu es fou ! Ah ! tu ne la connais pas ! C'est un être insaisissable, c'est l'instant, le caprice, la flamme au vent... Que se passe-t-il depuis quinze jours dans ce cerveau ? Je l'ignore. J'attends une lettre, je ne reçois rien. Je vais chez elle, elle n'y est pas. Si je la rencontre chez les autres, il y a toujours du monde ; si je veux la reconduire, elle se dérobe, prétextant qu'on nous a déjà trop remarqués ensemble... Est-ce qu'elle vient ici quelquefois, quand je n'y suis pas ?

— Quelquefois, oui.

— Tu as de la chance.

J'ai souffert de ne pouvoir lui répondre avec la même franchise, de ne pouvoir m'ouvrir à lui. C'est une des conséquences les plus pénibles de cet état de choses que la confiance, l'abandon ne puissent plus exister de moi à Paul.

Quand il est parti, j'y songe et je m'interroge. Maintenant qu'il a parlé, je me sens enfermé dans un air plus épais, plus équivoque. Je ne puis plus ignorer ces promenades sentimentales, ce commen-

JE M'ÉTAIS LEVÉ

cement d'idylle interrompue seulement le jour où Javotte a jeté les yeux sur moi. La situation me paraît être celle-ci : Paul a choisi Javotte et Javotte m'a choisi.

Alors, pendant que les scrupules m'assiègent, pendant que je me débats de nouveau entre l'amour et l'amitié, de

petits faits que je croyais avoir oubliés ressuscitent dans ma mémoire ; des souvenirs viennent à mon secours qui veulent apaiser ma conscience. Lui-même, Paul, fut-il toujours pour moi un ami sans reproche? Un soir récent que je me sentais mal, les bonnes étant couchées, je m'étais levé pour appeler ma mère. Il pouvait être onze heures. Dans le couloir, la porte de Paul restée ouverte laissait passer un rayon de clarté. Assis à sa table, il lisait ou écrivait des lettres selon son habitude. Je revins me mettre au lit ; mais ma mère ne m'ayant pas entendu, au bout d'un instant je dus me relever pour l'appeler de nouveau. Cette fois, dans le couloir, le rayon de clarté avait disparu : Paul, craignant qu'on le dérangeât, avait fermé sa porte et éteint sa lumière.

J'ai de son égoisme vingt témoignages de ce genre. Mais ce qui me surprend, ce n'est pas qu'ils soient si nombreux, c'est que je les accueille. N'avais-je pas décidé que tout cela était effacé? Hélas! nos pardons ne sont jamais définitifs, nos griefs ne sont jamais morts. On peut les enfouir au plus profond de soi-même, les oublier, ils sont toujours là : ils n'attendent pour reprendre vie que l'occasion, comme ces graines qui dorment des années au sein même de la terre et que le plus léger choc suffit à éveiller.

Il est presque trois heures. Javotte ne va pas tarder. « Est-ce que je pourrais passer un seul jour sans vous voir ! » m'a-t-elle dit hier en me quittant. En effet, elle vient presque chaque jour. Elle a conquis ma mère par ses prévenances, par son empressement à lui être agréable. Quand elle se rend à Bayonne, elle ne manque jamais de venir prendre ses commissions. Et si ma mère pense que, tout de même, ses visites sont un peu trop fréquentes, elle n'ose pas le dire.

Pour moi, je ne reconnais plus mes heures unies, monotones, toutes pareilles. Elle a changé la vue et l'impression que j'ai de l'existence quotidienne. Je regarde ma journée comme une région pleine d'embûches au milieu de laquelle il y a un moment éclatant. Dès que je m'éveille, je pense à ce point lumineux dont la pendule me rapproche et m'éloigne tour à tour et, selon que ce point est devant moi ou derrière moi, je suis animé par l'espoir ou le regret. Rien d'autre. Je ne commence à vivre que lorsqu'elle est là. Elle arrive, et toutes les parties de mon être plongées dans l'ombre s'éclairent subitement ; alors, le temps ne met jamais assez de lenteur à me séparer d'elle, et je voudrais, de mes mains, retenir chaque seconde qui, à peine éclose, à peine le présent, est déjà le passé.

Mais si je l'attends, ces mêmes secondes si brèves, si fuyantes, l'attente qui les allonge et retarde leur course m'en fait une charge, un fardeau. En regardant le cadran, à chaque instant, je me réjouis qu'un fragment de la journée soit aboli, et telle est mon impatience insensée que le temps alors ne travaille jamais assez vite à détruire ma vie.

Il est trois heures ; elle devrait être là. Mais elle vient quelquefois plus tard. Elle ne m'a pas fixé d'heure. Je préfère qu'elle ne me fixe pas d'heure parce que, l'heure dépassée, je ne vivrais plus. Dans un instant elle sera là. Pourquoi suis-je inquiet ? Pour quelle raison ? Je ne sais pas... Je suis inquiet.

Ah ! elle n'est pas de celles qu'on attend paisiblement, assis dans un jardin, en traçant du bout de la canne son nom sur le sable ! Attendre, quelle insoute-

nable angoisse pour un malade ! On se dit : « Soyons calme, soyons calme, » et le cœur bat si fort qu'on en peut suivre à travers les vêtements les palpitations désordonnées ; on a les mains moites et froides, la gorge serrée, les tempes brûlantes ; on s'efforce de penser à autre chose, de ne pas penser du tout ; on se dit : « Comptons : un, deux, trois, quatre, » on se donne mille raisons d'être raisonnable et on s'affole.

Pourtant, quelle journée mieux que celle-ci conviendrait à l'attente ? Il y a une telle patience dans l'air ! La vie est comme suspendue. Rien ne bouge. Le soleil s'efface dans un ciel tout voilé de mélancolie ; il en tombe sur le paysage une lumière un peu sourde, qui berce et qui endort les sens. Le long de la route éteinte, un char à bœufs, des gens, quelque rare voiture passent dans une atmosphère ouatée, qui amortit, étouffe les sons, comme on étouffe la sonorité d'un cristal en le touchant de la main. Journée sans timbre où tant de puissances poétiques sont retenues captives par chaque bruit qui se tait ; journée monotone et vaporeuse où les formes immobiles et comme irréelles semblent vues à travers un songe, dont le mystérieux silence tient à la fois du silence de la lune, du silence de la neige, journée si douce, si morne, si enveloppante et si bien faite, avec sa pénombre de chapelle et son gris de Toussaint, pour envahir d'un sentiment fataliste une âme que se partagent le désir et la mort.

Il est quatre heures. Le chat dort sur le fauteuil près de la fenêtre. Parfois il se réveille, ouvre sur moi des yeux glauques où mincit la prunelle et qui appartiennent encore au sommeil ; il se hausse sur ses pattes, fait le pont, le dos bombé, bâille et se recouche en rond. Il est cinq heures. Elle ne viendra pas. Je me répète ironiquement cette phrase : « Est-ce que je pourrais passer un seul jour sans vous voir? » Elle ne viendra pas. Alors, quand l'espoir vous quitte, on sent tout son être se rétrécir, se rétrécir ; on a perdu toute importance, toute confiance en soi ; on est une chose à chaque seconde plus réduite, plus négligeable, plus humiliée.

Il est six heures. Sur une branche, près

JE ME SUIS GLISSÉ DANS LA CHAMBRE

de la fenêtre, un rouge-gorge chante parce que le soir est doux et que le printemps vient. La nuit se fait peu à peu. Voici Paul qui rentre.

— Comment, pas de lumière ! s'écrie-t-il. Il fait noir ici comme dans un four ! Comment vas-tu? Moi, ça va mieux.

Il est gai. Ma voix tremble un peu pour lui demander :

— Tu l'as vue?

— J'ai passé tout l'après-midi chez elle. J'ai eu la bonne idée d'y aller en sortant d'ici. Elle a été charmante... Ah ! quand elle veut !...

Le lendemain, j'ai dit à ma mère :

— Écoute ; j'ai réfléchi au sujet de Javotte. C'est une gentille amie, gaie, dévouée ; mais tu sais comme je suis, comme je m'attache facilement. Il pourrait se faire qu'à la longue je cesse de voir en elle une simple camarade, une petite sœur de charité, alors j'en souffrirais. Je ne veux pas souffrir ; je me dois à mon métier de malade ; j'ai bien réfléchi et je le demande, quand elle viendra, de la recevoir, de lui faire comprendre cela gentiment. J'aime mieux couper court pendant qu'il en est temps encore.

Elle m'a dit, émue :

— Tu as raison et j'y pensais tous ces jours-ci... Sans doute tu manques de distraction ; mais ce ne sont pas des distractions de ce genre qu'il te faut. Je ne peux pas te dire combien je suis soulagée de voir que, de toi-même, tu as pris le parti le plus sage. Sois tranquille, je lui ferai comprendre doucement, sans la blesser... et elle comprendra très bien...

Dans la journée, Javotte est venue. Avant de la recevoir, ma mère m'a demandé :

— Tu es bien décidé? Tu ne regrettes rien?

— Je ne regrette rien ; et, tiens, prends cette médaille qu'elle m'avait donnée ; tu la lui rendras... Surtout, parle-lui gentiment. Je ne voudrais pas lui faire de la peine.

— Sois tranquille.

Mais à peine m'avait-elle quitté que j'aurais voulu la rappeler. Sans bruit, à pas de voleur, je me suis glissé dans la

chambre de Paul, qui est située au-dessus
du salon où elles causent. Je me suis
étendu sur le parquet ; j'ai collé mon
oreille entre deux lames. Il ne monte
vers moi qu'un murmure confus. Je fais,
pour écouter, un effort qui me tire le
cerveau. Il me semble toujours que je
vais surprendre une exclamation, un
mot, quelque chose, et seul le murmure
indistinct continue de traverser le parquet. Au bout d'un certain temps, j'entends remuer des sièges, puis la porte
s'ouvre. Déjà je suis dans le couloir,
haletant. Ma mère dit :

J'espère que vous ne m'en voudrez
pas, ma petite Javotte, et que vous comprendrez...

Et la douce voix, la voix caressante,
que je n'entendrai plus, répond :

Oui, oui, je comprends bien... je
comprends bien...

Je voudrais m'écrier : « Non, non, ne
partez pas ; montez, Javotte... Je ne
peux pas vous laisser partir ainsi. Voyez
comme je souffre de vous perdre !... »
Aucune parole n'est sortie de ma bouche.
J'ai regagné ma chambre, pendant que
Javotte s'en allait. Ma mère revient. Elle
me retrouve sur ma chaise longue,
un livre à la main, simulant l'indifférence.

— Tout s'est bien passé?

— Le mieux du monde.

— Tu lui as rendu sa médaille?

— Je lui ai rendu sa médaille... Oh !
elle ne s'est pas fait prier... Si tu avais
vu comme elle l'a empochée !

Le mot m'a choqué. Je voudrais ne
pas parler et qu'on ne me parlât pas. Je
voudrais ne voir personne, souffrir sans
témoin, poussé par cet instinct qui porte
les bêtes blessées à se cacher. J'ai dit
doucement :

— Maintenant, laisse-moi un peu seul,
veux-tu?

Je suis demeuré seul tout le reste de
l'après-midi. A l'heure du facteur, quand
Olive est montée, elle avait un petit sourire de triomphe.

— Ah ! ah ! elle n'a pas été reçue, la
Javotte !

Comme je ne réponds pas, elle ajoute :

— Alors, comme ça, monsieur Paul
ne lui suffisait plus ? Quel toupet !...

— Olive, va-t'en, tu m'ennuies.

Mais elle continue :

— Oh ! vous savez, sur la Javotte, on
en raconte des histoires qui vous amuse-
raient bien. Moi, je m'en moque ; mais
vous n'aurez qu'à demander à Paquito,
celui-là qui vous a arrangé votre para-
vent. Il en sait des choses, Paquito !...
Il a travaillé dans leur maison. Un matin
qu'il avait besoin de prendre un meuble
dans sa chambre, il entre sans frapper.
Elle était couchée. Alors, il a dit : « Mademoiselle, c'est pour ce meuble ; si ça vous
dérange, je reviendrai. — Oh ! qu'elle a
a fait, vous ne me gênez pas du tout. »
Elle s'est assise sur son lit et elle lui a dit :
« Tenez, regardez comme je suis bien faite. »
Et vous savez, Paquito n'est pas menteur !

Ah ! j'ai bien la tête vraiment à écouter ces potins ridicules qui se colportent
au village !... Mais, malgré moi, je songe
à ce corps dont elle est orgueilleuse, à
cette poitrine de pure forme antique,
qui, chez les filles de ce pays, fait l'émer-
veillement des artistes. Je songe à sa
voix de velours, son teint de perle
chaude, à ses grands yeux troublants
dont le regard, en se posant sur moi,
emplissait mon cœur d'une volupté si
lourde que cela me faisait mal, que je me
sentais défaillir...

Et je l'ai renvoyée...

XVII

LE DÉSIR

Paul, tout à fait rassuré, est parti pour une semaine à Bordeaux. Je me trouve plus calme que je ne l'aurais cru. Enfin, c'est fait ; il le fallait. Je vais reprendre ma vie sombre, tout unie, sans espérance ; mais je ne connaîtrai plus ces palpitations insupportables, cette angoisse à croire que mon cœur va éclater, ce supplice de l'attente. Je suis plus calme, plus courageux que je ne l'espérais ; du moins, je me le dis, car les premières heures sont toujours dures, et je reste si endolori !...

Le silence de Javotte, la facilité avec laquelle elle a accepté son congé, d'abord me surprennent un peu. Je pensais qu'elle ferait quelque tentative pour me revoir. J'attendis vainement, le premier jour, un signe d'elle ; puis, le deuxième jour, comme déjà je n'espérais plus, je reçus, par la poste, une lettre dont l'enveloppe vulgaire, l'adresse tracée d'une main inconnue, ne m'avertirent pas qu'elle était d'elle. Dedans, il y avait une seconde enveloppe que j'ouvris d'une main tremblante en reconnaissant son papier, son écriture. L'étreinte du chagrin obscur, tenace, inavoué, se desserrait, se dénouait mystérieusement, et cette chose pesante, cruelle, accablante que je portais, fondait soudain, se faisait légère, légère, n'existait plus. Je me sentais stupide et délivré. Une joie que j'avais cessé d'appeler affluait en moi ; mon sang était plus chaud et ma vie augmentée.

Je lisais :

« Mon ami,

» Mon chagrin a été plus grand que vous ne le supposez quand, hier, votre mère m'a reçue sans me permettre de monter auprès de vous. Si mes visites vous ont jusqu'ici causé quelque fatigue, je viens vous en demander pardon, car Dieu m'est témoin que je désire avant tout votre guérison. Très attirée par votre intelligence, votre cœur, votre sensibilité, votre souffrance, votre tristesse, j'éprouvais chaque jour le désir de vous apporter un mot affectueux, une fleur, un sourire, une larme même, une larme surtout aux heures de découragement. Mais je m'incline devant votre volonté et, malgré toute l'amertume que j'en ressens, je suis prête à tout pour votre bien.

» Donnez-moi, vous, la preuve d'amitié qui me sera la plus précieuse en me disant très franchement s'il faut que je ne vous envoie plus un mot, s'il faut que je ne cueille plus une fleur à votre intention, s'il faut que vous ne m'entendiez plus passer, causer, chanter sous votre fenêtre.

» Moi qui, dans la vie, ai rêvé de consoler, de soutenir, d'apporter de la joie, je suis condamnée à ne faire que des malheureux ; c'est atroce. Je suis odieuse à moi-même et sous cette gaieté apparente qui m'étourdit souvent, je cache bien des heures d'abattement.

» Pardonnez-moi, mon ami, de vous dire ici, quand je devrais ne parler que de vous, la peine qui m'étreint. Est-il vrai, est-il possible, que vous ne vouliez plus me voir ? Si cela est, rien ne m'empêchera, croyez-le, de vous garder au fond de mon cœur un souvenir tristement affectueux, rien ne m'empêchera de réciter chaque soir pour vous l'*Ave Maria* qui guérit. Cette médaille que vous m'avez rendue me devient doublement chère, puisque vous l'avez gardée, trop peu de temps, hélas ! Est-ce à cause des

initiales mêmes que vous avez craint de
la conserver?

« Je serai cet après-midi de bonne heure
chez madame Toledo, villa Suzanne, en
face de vous. J'y attendrai impatiem-
ment un mot de réponse et, quelle que
soit votre décision, je ferai ce que vous
m'ordonnerez. Ne redoutez pas de me
froisser, de me peiner ; ne prenez conseil
que de votre état, ne considérez que vous
seul ; mais sachez que, quoi qu'il advienne
vous serez toujours celui que j'ai compris, celui que j'ai deviné, celui que
j'aime de toutes les forces de mon cœur.

« JAVOTTE »

Par une coïncidence favorable, ma
mère est allée, après le déjeuner, en voiture à Espelette, où elle doit voir le
notaire pour une procuration. Après son
départ, j'ai fait porter par Olive ce mot
à Javotte : « *Je vous attends.* » Elle est
venue aussitôt. Elle est là, devant moi,
éblouissante dans sa robe noire. Mais, au
lieu de cette gaieté, de cette hardiesse qui
l'animent à l'ordinaire, il y a en elle je
ne sais quoi de contraint, d'irrité, de
mélancolique.

— Méchant ! méchant ! comment avez-
vous pu faire cela? Me faire dire par
votre mère de ne plus revenir ! J'étais
furieuse. Je pensais : « Les hommes
sont des lâches, des faibles, des men-
teurs. » Et ma pauvre médaille? Vous
ne voulez donc plus rien de moi? J'ai
d'abord décidé que je ne vous écrirais
pas, que je ne vous donnerais plus
signe de vie... et puis... et puis... Dites-
moi pourquoi vous avez fait cela, pourquoi vous m'avez fait cette peine...

J'ai pris ses mains doucement. Elle
est loin d'être dans la calme disposition

d'esprit qu'annonçait sa lettre ; je la
sens toute révoltée. Je lui dis :

— Mon amie, rendez-vous compte que
je suis malade, que je suis sans forces,
que je ne peux pas supporter les émotions, l'attente, le doute, que je suis
trop faible, que je ne veux pas souffrir...
C'est à vous de m'épargner... Je vous
assure... En ce moment vous êtes sincère ; je veux vous croire ; mais vous
avez la jeunesse, la beauté, cent amis
et toutes les distractions, tandis que je
suis seul dans une chambre. Songez à
mon sort quand vous m'avez quitté et
que vous m'avez dit : « Est-ce que je
pourrais passer un seul jour sans vous
voir? » Songez à ce que j'éprouve quand
le lendemain se passe et que vous ne
venez pas.

— Ah ! c'est pour cela ! C'est parce que
je ne suis pas venue mardi? Mais si je
ne suis pas venue, comment n'avez-vous
pas compris que c'est contre mon gré
et parce que, chaque jour, au moment
d'aller chez vous, je me répète : « C'est
trop, tu abuses, madame Gilbert va
trouver que tu abuses. » Il m'avait
semblé qu'elle était plus réservée à mon
égard et qu'elle n'osait pas me dire d'es-
pacer mes visites. C'est pourquoi je me
suis privée !... Ah ! si je m'étais écou-
tée !... Mais j'ai dû me faire violence !...
Vous ne me croyez pas? Il ne me croit
pas !... Songez donc comme je suis
inquiète quand je vous quitte. Je crains
toujours que votre mère ne soit fâchée.
Je me dis : « Elle va être contre moi,
elle ne voudra pas que je revienne. Un
malade, c'est faible, ça écoute son entourage !... » Oh ! je ne lui en voudrais pas ;
elle croirait bien faire, la pauvre femme !
Mais s'il est vrai que je ne vous apporte
que du tourment, que ma présence ne

vous fait aucun bien, dites-le-moi. Osez
me dire cela, osez-le.

— Je ne sais pas... Je le crains.

— Alors, c'est bien, c'est tout ce que
je voulais savoir.

Elle a un brusque mouvement pour se
retirer. Je l'ai retenue aussitôt par la
main. La soudaineté de notre effort contraire la jette dans mes bras. Il n'en faut
pas plus pour nous troubler et pour
qu'elle reste. A cause de cette façon soudaine qu'elle a de s'enflammer, ses yeux
ont cet intense éclairage qui souvent m'a
frappé. Elle sait bien qu'elle m'a repris :
elle sait la puissance de son regard sur
moi. Les heures de fièvre, ma résolution
de ne plus la revoir, le regret des heures
passées, je sens tout cela se confondre
dans un singulier vertige. Elle est tout
contre moi, et je respire dans son haleine
je ne sais quelle odeur d'amour et de péché.

Il faut parler : il faut dire quelque
chose. Le silence devient dangereux. Le
désir qu'elle met en moi ne saurait lui
échapper. Or, ce désir, il semble qu'elle le
voit grandir avec le petit frisson qu'on a
du haut d'un pont à contempler un
fleuve accru dont les eaux montent et qui
fait un peu peur. Enfin, elle me demande :

— Votre mère est absente?

— Elle est à Espelette, chez le notaire.

— Tant mieux ; j'aime bien votre
mère, mais j'avais besoin d'être seule
avec vous... Savez-vous ce que j'ai fait
hier?... Je suis passée sous votre balcon,
pour savoir laquelle de vos deux fenêtres
était ouverte, parce que, quand c'est celle
de droite, on peut vous apercevoir :
mais c'était celle de gauche. Est-ce que
je mens?

— Non, c'est exact.

— Tenez, il y a un chien qui vous
empêchait de dormir, le chien de Harriben le jardinier... Votre mère m'avait
dit : « Il y a ce maudit chien qui aboie
vers trois heures du matin quand
passent des contrebandiers. » Comme
vous vous étiez plaint, on l'enfermait une
nuit et puis cela recommençait. Eh bien !
est-ce que vous l'entendez depuis trois
nuits? Vous avez trouvé cela tout naturel ; cela ne vous a pas intrigué que le
bruit ait cessé tout à coup?... Je ne vous
l'aurais certes pas dit, si vous ne parais-
siez douter de moi... J'y suis allée, j'ai
vu Harriben ; j'ai donné des ordres...
car ici, monsieur, chacun m'obéit.

— C'est vrai ; depuis trois nuits, je
n'entends plus rien.

— Et c'était précisément le jour où
vous me reprochez de n'être pas venue :
j'avais passé la matinée à m'employer
pour vous.

— Qu'est-ce que cela prouve, sinon
que vous êtes bonne?... Je n'en doutais
pas... Quand le facteur est mort, le mois
dernier, je sais que vous êtes demeurée
une nuit à son chevet pour que sa pauvre
femme pût prendre quelque repos.
Qu'est-ce que cela prouve, sinon que
vous êtes bonne pour tout le monde?...

— Je suis bonne pour tout le monde,
c'est cela... quoi que je fasse, mes qualités et mes défauts vous servent contre
moi... C'est admirable !... Mais comment pouvez-vous comparer ce que je
fais pour vous à ce que je fais pour
les autres ? Quand ouvrirez-vous les
yeux ?... Voyons, pourquoi vous men-
tirais-je ? Quelle raison aurais-je, si
vous m'étiez indifférent, de vous parler
ainsi?... Réfléchissez. Pourquoi vien-
drais-je ici presque chaque jour? Est-ce
que j'y suis forcée? Qu'est-ce qui m'attire, sinon ceci que je vous préfère à
tous?... Vous me dites vous-même que

j'ai des distractions, des amis... Oui, tous les malades sont mes amis... mais vous, aveugle, n'êtes-vous pas celui chez qui je viens comme une intruse, comme une mendiante qui force la porte?...

— Et Paul?

— Votre ami? Ah! J'attendais ce nom!... Nous nous sommes promenés ensemble, oui... nous avons fait de la musique ensemble, oui... Maintenant,

Alors que chez les autres on me fait fête et que j'entre avec sécurité et le cœur tranquille, c'est ici que je viens avec de l'émotion, de la crainte, du bonheur...

Je n'ai pu m'empêcher de dire :

ce pauvre garçon, pour ne rien vous cacher, je crois qu'il souffre, cela me fait de la peine ; mais rappelez-vous ce que je vous ai dit la première fois : « Je n'appartiens à personne. » Il n'est rien pour moi.

— Est-ce bien sûr ?

Elle se tord les mains.

— Il ne me croit pas !... Il ne me croit pas !...

— Soit, admettons-le... Je l'admets, malgré l'intimité sentimentale qui a existé entre vous... Je l'admets, après ce que vous venez de me dire ou plutôt de me répéter... Mais, songez-y, lorsque vous me verrez convaincu que Paul n'est rien pour vous, s'il vous arrivait, écoutez-moi bien, s'il vous arrivait de lui donner à entendre, à lui aussi, que vous l'aimez, songez au mal que vous pourriez nous faire à l'un et à l'autre, à cette affreuse jalousie qui nous dévorerait, songez que vous commettriez là, vis-à-vis de moi surtout, une action vilaine et lâche parce que je suis faible, parce que je suis blessé, parce que je suis malade ; s'il en était ainsi, voyez, je suis sans force, mais j'ai un si frénétique désir de ne pas souffrir que je quitterais Val-Roland sur-le-champ et que je ne vous reverrais plus.

— Pourquoi me dites-vous ces choses méchantes ? Comment accepterais-je de vous perdre ? Vous savez bien que vous seul comptez pour moi... Le matin, quand je m'éveille, est-ce que mon premier souci n'est pas pour le temps qu'il fait ? Je pense à vous... S'il fait beau, je me dis : « Tant mieux, ce beau temps va hâter sa guérison », et je suis gaie. S'il pleut, je songe : « Voilà qui va augmenter sa tristesse », et cela m'assombrit. Au fond, vous le savez bien, vous savez bien que je suis sincère... dites que vous le savez ?...

Je vois sa poitrine se soulever avec force. Comme elle voudrait que je la croie ensorcelée, cette ensorceleuse ! Je ne sais plus que penser ; mais ce dont je suis certain, c'est qu'il importe que je paraisse incrédule, si je veux jouir encore de la voir bouleversée, si belle de passion, de fureur amoureuse. Ne va-t-elle pas, pour me vaincre, se jeter sur mon cœur ? Je me tais ; les minutes passent ; et je ne sens plus que le poids du silence et la force de mon désir.

— Dites que vous me croyez ?... dites que vous me croyez ?...

— Je voudrais tant vous croire !...

D'une voix presque basse, la lèvre agitée d'un léger tremblement, sans oser me regarder, elle me demande :

— Que faut-il faire pour que vous ne doutiez plus jamais, que faut-il faire ?... Quelle preuve puis-je vous donner ?... Quelle preuve voulez-vous ?

Pâle, d'une pâleur ardente, pleine de trouble et de peur, tenant ses paupières closes sur je ne sais quoi d'immense comme un soleil caché, elle est prête à me donner la seule preuve d'amour qu'une femme puisse donner. Je touche à cet instant que j'ai tant appelé, dont l'attente me serrait la gorge et me donnait la fièvre, et voici qu'un ultime scrupule me paralyse : « Tu es malade, ne prends pas cette enfant. » Ce scrupule irrite en moi le mauvais instinct qui est au fond de chaque homme et que la seule idée de ce bonheur exalte, mais quoiqu'il me conseille ou m'ordonne, je sais que je ne lui céderai pas. Si la vraie Javotte est celle de sa légende, tant pis pour ma délicatesse. Mais si elle est bien celle que ses paroles me peignent ici, ai-je le droit de profiter de cet émoi qui me la livre ? Qu'on rie de moi, je n'ai pas cédé au mauvais instinct ; mais j'ai hâte de tourner la page, parce que d'évoquer cet instant cela me trouble encore et que je ne veux pas avoir de regret...

Le Roman du Malade

XVIII

LA JALOUSIE

Ma mère souffre ; c'est visible. Quand Javotte vient, elle ne se montre plus. J'évite de prononcer son nom ; mais, présente ou absente, elle nous divise. La douce intimité, la paix confiante de cette maison se sont enfuies. A chaque instant, je le constate. Ainsi, tout à l'heure, comme je n'avais pu retenir un mouvement de mauvaise humeur au moment où Olive me remettait le courrier qui ne contenait que de vagues prospectus, ma mère m'a dit :

— Tu es nerveux ; je le comprends ; tu t'es tellement ennuyé aujourd'hui !...

— Pourquoi ennuyé?

— Tu sais bien ce que je veux dire.

— Tu veux dire que je suis nerveux parce que Javotte qui ne devait pas venir n'est pas venue? C'est bien cela? Dis-le sans détour.

— Mais je le dis.

Voilà où nous en sommes. Je ne puis plus parler ou me taire, être sombre ou rasséréné sans qu'elle lise le nom de Javotte dans mon animation comme dans mon silence, dans mon espérance comme dans mon découragement.

Et le pire, c'est qu'elle a raison.

Je déplore sa clairvoyance. Je souffre de la voir souffrir. Quant à ces petites piqûres, si elles m'impatientent, je fais un effort pour ne pas le montrer. Comment me fâcherais-je? C'est l'envers des grandes affections d'être un peu despotiques. Il serait trop commode d'attendre d'un cœur tous les dévouements, tous les sacrifices et de ne pas admettre qu'il devienne ombrageux, même lorsqu'il se trompe en redoutant de perdre la place qu'il occupe dans votre vie. Et puis, le voudrais-je, comment me défendre? On est armé contre les injures, on résiste à la violence ; mais que faire contre la faiblesse? Quand je vois, à table, qu'elle laisse passer les plats sans y toucher et que son pain reste intact ; quand, dans sa chambre, sur sa table de nuit, mes yeux ne peuvent éviter le flacon de chloral dont le niveau baisse, comment me défendre contre cela? Comment supporter que son cher visage soit crispé par la souffrance chaque fois que Javotte vient, comment demeurer insensible quand elle répond à mon interrogation inquiète : « Je n'ai rien, je n'ai rien... » en détournant des yeux qui ont pleuré?

Plusieurs fois, le médecin s'est présenté, probablement appelé par elle. Je ne l'ai pas reçu. A quoi bon? Je ne veux pas le voir. Je ne veux pas savoir...

D'ailleurs, qu'apprendrai-je? Que ce surmenage sentimental m'épuise? Je ne l'ignore pas. J'ai eu deux syncopes cette semaine. Mon cœur bat, tout le jour, comme un marteau de forge et, dans ma poitrine, c'est bien un feu de forge, enfermé, dévorateur, qui envoie à mes pommettes ce double reflet de brasier. Je me consume, je me consume, et, quelque matin, il ne restera plus de moi qu'un petit tas de cendres chaudes...

Pourtant, bien que je vive dans l'insécurité, l'inquiétude et le tourment, je vis ! Il est des moments où il me vient de Javotte une détresse plus angoissante que l'agonie ; il en est d'autres où ce qu'elle m'apporte de félicité me bouleverse plus que ne le ferait le miracle de ma guérison. Je suis incendié de fièvre, j'ai la gorge serrée, j'étouffe, je n'en puis plus ; mais je vis ! Je vis plein de témérité et de terreur. La lune qui

monte, pleine derrière les peupliers et,
soudain, comme une coupe se déverse,
répand sur la route sa lumière ensor-
celante, la mer qui expire sur le rivage
avec un bruit lointain d'acclamations,
la douleur, la musique, les plus beaux
poèmes, jamais ne remueront l'inconnu
de mon être, n'empliront mon âme de
trouble, de vertige et parfois d'une envie
de mourir comme le fait, d'un regard,
cette créature que j'aime. Je l'attends ;
l'heure passe ; il me semble que je vais
la perdre ; c'est un supplice sans nom.
Mais elle arrive ; tout s'apaise, et je
remets avec ivresse entre ses mains mon
cœur haletant, délivré.

Parfois, quand elle est restée une partie de l'après-midi auprès de moi ; quand
s'est satisfait, engourdi, le besoin que
j'ai de sa présence, il advient que je me
crois saturé d'elle. Je m'imagine un instant que je ne l'aime plus. Mais à peine
est-elle partie que je cours au balcon
pour la suivre des yeux. C'est générale-
ment l'heure où le soleil, après une
belle journée, commence à pâlir de
fatigue. Ma vie n'est plus en moi ; elle
palpite dans l'ombre légère qui danse
autour de sa robe. A chaque pas qu'elle
fait, un à un, se retirent avec elle les
biens qu'elle m'apporta. Le doux, le
triste enivrement, qui me cachait mon
sort, me quitte. Je la vois encore. Son
éloignement allonge mon regard. Je ne
la vois plus... Alors, chaque fois, je
retrouve la chambre désenchantée ; je
me sens diminué, dépossédé, appauvri ;
j'ai perdu la lueur secrète qui m'éclai-
rait. Je suis comme l'acteur qui vient de
jouer dans une apothéose un rôle de roi
et qui, derrière le décor, n'est plus qu'un
petit homme éteint et déguisé.

Je rends mal ce que j'éprouve. Je sens

bien, je sens trop ce que j'ai à dire, mais
le dire !... Si j'en étais capable, il ferait
chaud entre ces feuillets et, sous chacun

LA LUNE QUI MONTE DERRIÈRE LES PEUPLIERS

d'eux, en prêtant l'oreille, on entendrait
ce cœur qui bat si fort. Une certaine
griserie de l'esprit peut conduire à l'alti-

tude où se rencontrent la voix, le souffle, l'éloquence qui me manquent. Mais cette altitude, à peine vais-je y atteindre que je dois m'arrêter, trahi par mes forces. Un spasme intolérable me noue tout l'être ; je m'évanouirais. Les mots qu'il faudrait sont là ; un diamant sombre est en moi, je vais l'extraire, et l'outil me tombe des mains. Je voudrais me donner tout entier ; je ne le puis. A chaque instant, il manque à ce que j'écris un ton au-dessus ; et pourtant, à cause de la nuit qui l'environne, ma vie atteint cette heure émouvante et mystérieuse où, dans chaque hameau, au bord de la rivière, sur un chemin de halage, à la lisière des bois, au sein de la montagne, monte le chant d'un batelier, d'un artisan ou d'un pâtre attardés, un de ces chants modulés et graves qui font s'incliner l'âme vers le jour qui finit. Ne pourrai-je tirer de moi un de ces beaux chants du soir dont on écoute longtemps planer le vol dans l'espace?...

Avec Paul, c'est une guerre sourde. J'ai, suspendue sur moi, sa jalousie frémissante. Ces visites que Javotte me rend lui sont insupportables. Il se respire dans cette maison une odeur de mensonge qui le tient en éveil ; et, d'ailleurs, quand on passe devant un homme qu'éclaire l'amour, est-ce qu'on ne reçoit pas un peu de cette caresse dorée que vous renvoie, lorsqu'on le longe, un mur frappé par le soleil?

De mon côté, je ne puis soutenir l'idée qu'ils se rencontrent, qu'ils se voient ou seulement qu'il rôde autour d'elle. Le poison est en nous ; il fait son œuvre et, bien que nous nous efforcions de garder un ton naturel, amical, nous nous sentons hostiles, ennemis. Il épie une ombre sur mon visage ; moi, embusqué derrière

un sourire, je défaille quand il vient à moi, illuminé par une heure passée auprès d'elle, quand je retrouve sur ses gants le parfum de Javotte. Et, tandis qu'il jette son chapeau sur un meuble avec une insouciance feinte ou qu'il sonne pour le thé, tandis que je prononce : « Belle journée, mon vieux ! » nous sommes repliés sur nous-mêmes, prêts à bondir l'un sur l'autre, prêts à hurler, à nous mordre.

Cette situation équivoque ne saurait se prolonger. Nos silences deviennent oppressants, et il tombe sur nos visages cette lumière fausse qui précède l'orage.

C'est samedi. Javotte vient de me quitter. Paul rentre. Le voici dans ma chambre. Sa voix n'a pas de timbre ; il est découragé, triste, abattu. Je le considère, pendant qu'il s'assied dans le fauteuil, près de la fenêtre qu'emplit la nuit.

— Elle n'est pas venue aujourd'hui?

Pour qu'il me pose, au point où nous en sommes, une telle question, il faut qu'il soit à bout. Je réponds :

— Si, un instant.

Il reprend :

— C'est pour cela que je ne l'ai pas rencontrée... Quelle journée !... Tu connais, sur la route de Bayonne, la propriété de la Vaucoupée... Il y a là un jardinier qui cueille tous les samedis, à son intention, des fleurs qu'elle va chercher, pour en garnir ses vases le dimanche. Je suis allé me promener dans les environs, puis j'ai poussé jusqu'à Laressore où elle va quelquefois voir son filleul ; au retour, j'ai passé chez les Salaberry, chez madame Lécuyer, partout où j'espérais la voir ; cette journée m'a brisé... Tiens, ce matin, à huit heures, on a frappé ; j'ai cru que c'était une lettre d'elle pour moi. Non, rien... eh bien ! depuis ce moment, chaque fois que je respire, ça me fait mal là...

Je le vois si pâle, si désarmé, si homme que je croyais haïr, j'ai un besoin désespéré qu'il m'aime. Cependant il s'est levé ; d'un geste, il m'invite au silence. Un chant, dans la nuit, est monté venant de la villa Suzanne dont on aperçoit les fenêtres éclairées et ouvertes.

— Écoute, me dit-il. Tu n'entends pas? On dirait que c'est elle.

Je suis ému ; je voudrais qu'il n'eût pas ce visage tiré et pâli, je suis plein de

IL CUEILLE TOUS LES SAMEDIS DES FLEURS

malheureux que je suis attendri, ému. Je voudrais pouvoir lui dire : « Ne souffre plus, je te la donne. » S'il m'ouvrait les bras, je m'y jetterais, et cet rêves généreux ; alors pourquoi l'instinct de défense est-il le plus fort, pourquoi ai-je répondu :

— Je ne crois pas... non...

D'ailleurs, comment pourrait-il s'y tromper ? Est-il deux voix ici, en est-il tant dans le monde qui aient ce pouvoir mystérieux sur le cœur des hommes ?

— J'en aurai la certitude, dit-il en me quittant.

Il est parti et j'attends anxieux. La

voix qui chantait s'est tue. Une demi-heure s'écoule, et Olive, avec son petit air sournois, vient me dire :

— Est-ce qu'il faut mettre le couvert ? Monsieur Paul est avec *quelqu'un* dans la salle à manger. Je ne sais si je peux entrer...

— Attends.

Quelques instants plus tard, Paul revient. Il n'est plus las, accablé ; une ardeur nouvelle est en lui : il parle vite, animé.

— Tiens, ta mère n'est pas là... je voulais lui dire... On mangera un peu plus tard parce que j'étais en bas, avec Javotte, dans la salle à manger. En te quittant, je lui ai fait porter un mot... Je n'en pouvais plus... Elle est venue et la magicienne a opéré.

Quels lendemains je me prépare !... Cela m'effraye... Mais ce soir je suis heureux... Elle m'a pris dans ses bras ; elle m'a dit ces choses qui vous ôtent le mal comme avec la main... elle ne voulait plus me quitter... elle a ouvert sa jaquette et l'a refermée sur moi pour me retenir plus longtemps.

Cachée par la couverture qui me recouvre, ma main, à travers l'étoffe du gilet, enfonce ses ongles dans ma poitrine. Elle l'a pris dans ses bras, elle l'a enfermé dans sa jaquette. Ah ! que cela fait mal !...

Amant naïf, ignorais-tu à ce point les petites félonies de l'amour ? N'avais-tu pas prévu ce qui t'arrive ?... Oui, je l'avais prévu. Ne lui disais-je pas : « Songez-y, si vous allez maintenant faire entendre à Paul que, lui aussi, vous l'aimez, songez au mal que vous pourriez nous faire à l'un et à l'autre, à notre affreuse jalousie, songez que vous commettriez là, surtout vis-à-vis de moi, une action vilaine et lâche, parce que je suis faible, parce que je suis blessé, parce que je suis malade... » Certes, un homme de sang-froid devant ce geste de femme coquette ne saurait comprendre mon désespoir, ni la fièvre, ni la folie des heures qui suivirent ; quiconque recevrait ma confidence me dirait qu'il y a disproportion entre une peine si véhémente et une faute si vénielle ; mais personne ne recevra ma confidence, puisque je la fais à tout le monde et que le lecteur, qui surprend dans un livre le cri d'une douleur éprouvée, s'imagine « que cela n'est pas arrivé ». D'ailleurs, quand il lira ces lignes, ce qu'il pensera, je ne le saurai pas, ce qu'il pourrait me dire, je ne pourrai pas, je ne pourrai plus l'entendre...

On nous appelle pour le dîner ; il faut descendre, cacher ma torture. Pourquoi, par quelle cruauté Paul m'a-t-il dit cela ? A table, je ne puis manger, et son appétit me révolte. Un instant, il a surpris mon regard sur lui ; n'a-t-il pas compris ? Et toute la soirée au coin du feu, n'a-t-il pas lu en moi ? Alors pourquoi me taire plus longtemps ? Quand il m'a dit bonsoir, je ne pouvais me décider à le quitter, et nous nous sommes regardés comme si nous avions quelque chose de décisif à nous dire. Comment mon trouble aurait-il pu lui échapper ? Dans ma chambre, je l'attends. Il va venir. Nous allons parler. Quoi qu'il arrive, il en sortira du soulagement pour moi. Il a ouvert sa porte. Il vient. Non ; il demande de l'eau chaude. Alors, alors quelle nuit je vais passer !... Ma mère à son tour me quitte. Je suis au lit, la fenêtre ouverte. Demain, je verrai Javotte ; je lui ferai porter un mot. Elle sera là vers deux heures. Elle me dira des paroles qui me rendront soumis et crédule. Peu importe qu'elle mente, pourvu que je cesse de souffrir, pourvu que je la croie. Mais jusque-là, j'ai dix-sept heures à attendre, dix-sept heures à sentir s'exaspérer ce mal qui est en moi, cette chose douloureuse et vivante que je porte, qui se soulève et suffoque dans ma poitrine comme un torturé dans son cachot. Encore dix-sept heures ! Comment calmer ce délire ? Si je réunis les mains, je sens entre chaque doigt le choc intérieur du sang qui passe tumultueux. Chacune de mes veines est un pouls. Si je me tourne sur le côté droit, j'entends battre mon oreille droite d'une façon insoutenable ; si je me tourne sur le côté gauche, c'est mon oreille gauche qui bat ; si je touche mes tempes, ce sont mes tempes ; si je reste étendu sur le dos, mon cœur saute et heurte mes côtes avec un bruit accéléré de galop. Et ce cerveau incendié que rien ne peut éteindre ! Qui m'ôtera ce cerveau dément et ce cœur insensé ?...

J'ai appuyé mes mains sur le marbre de la table de nuit sans calmer leur fièvre ; j'ai bu, sans me désaltérer, le contenu de la carafe. Ma peau brûlante ne me laisse pas dans ce lit une place tolérable. Elle l'a pris dans ses bras ; elle a refermé sur lui sa jaquette par un geste d'amoureuse possession. Ah ! mauvaise, mauvaise, pourquoi as-tu fait cela ?

Que lui importais-je, moi qui vivais retiré, blessé, ne voyant personne ? Pourquoi est-elle venue me chercher au fond de ma solitude ? Qu'avait-elle besoin d'un triomphe de plus ? Moi qui avais fini par croire en elle, moi qui lui suis plus soumis que son ombre, plus fidèle que son chien, qui lui appartiens mieux que le sang de ses veines... Pourquoi, pourquoi a-t-elle fait cela ?

J'entends dans la cuisine un tabouret qui trébuche. C'est le chat qui se lèche. A chacun de ses mouvements, le tabouret, boiteux, heurte le dallage avec un petit bruit qui, à la longue, agace l'oreille. Plusieurs fois Paul s'en est plaint, et on a cloué sur le pied le plus court une rondelle de liège qui a dû se détacher. Mais Paul ne s'éveille point. Autrement je le connais; il se lèverait, il irait faire taire ce bruit à l'aide d'un petit tampon de papier. Non, il ne s'éveille point. Il dort d'un cœur tranquille, lui !...

La nuit est d'une fraîcheur de source ; mais elle ne m'apaise pas. A tous les points où je porte mes pensées, quelque chose qui m'a précédé se démasque et je retrouve l'image de la trahison ; si loin qu'aille mon esprit, partout la douleur et la jalousie sont là qui m'attendent. Est-ce que ce supplice ne va pas cesser? Je souffre tellement que, parfois, je prends ma tête entre mes mains et que je la berce doucement pour la consoler ; je souffre tellement que je voudrais m'écrier :

— Ah ! ma mère, quand tu m'entendais sangloter à trois ans, parce que ma première petite amie, qui en avait cinq, n'était pas venue, un après-midi, jouer avec moi, si tu as compris quel cœur misérable et lâche s'éveillait déjà dans ma poitrine d'enfant, ah ! par pitié, que ne m'as-tu, sur l'heure, ôté la vie que tu m'avais donnée !...

XIX

LA DÉRAISON

C'est le matin. Les bonnes sont à la messe. Ma mère, assise devant le guéridon, vérifie un compte pendant que, dans mon lit, je feins de lire les journaux, comme d'habitude. Un instant, s'étant tournée vers moi, elle se lève très émue, car elle a vu que je pleurais.

— Qu'est-ce que tu as, André? Qu'est-ce que tu as? Pourquoi pleures-tu?

— Je n'ai rien... Je n'ai rien...

Mais aussitôt elle a deviné :

— C'est *elle* qui te torture ; c'est pour elle que tu pleures. Tu souffres !... Ah ! mon pauvre enfant !...

Je ne peux que répondre en hochant la tête :

— Oui... oui... oui...

Elle s'est approchée de moi. Les sanglots m'étouffent. Il y a si longtemps que je voulais pleurer au cou de quelqu'un !... Elle m'interroge doucement :

— Tu l'aimes donc tant que ça?

Je fais signe de la tête : « Oui..., oui... tant que ça. »

Après un silence, avec un peu d'hésitation, elle prononce :

— Si tu l'aimes à ce point, épouse-la.

J'ai répondu :

— S'il le faut, j'irai jusque-là.

Alors, il se passe cette chose inattendue que j'aurais dû prévoir sans doute. J'ai parlé pour être plaint, pour être consolé, tout à ma douleur, et sans songer à sa douleur à elle. Elle s'est un peu reculée. Son visage, tout à l'heure si ému, s'est refermé. Tout en elle se contracte, et elle s'écrie avec amertume :

— Ah ! menteur ! menteur !... Quand tu me disais : « Ma pauvre maman, je veux te consacrer ce qui me reste de vie ; je veux te faire une vieillesse heureuse, » Comme tu mentais, comme tu mentais !

J'aurais dû prévoir cette explosion. Si elle m'a suggéré : « épouse-la », c'était pour m'éprouver, pour connaître mon degré de démence, je le comprends trop tard. Son cri instinctif est le seul que je

devais attendre de cet être si spontané,
si simple, si naturel ; car, au fond d'une
amie, d'une sœur, d'une mère, il y a toujours une femme.

Jusqu'ici, elle voyait bien que j'épui-
sais mes forces dans une aventure sans
issue ; mais comment aurait-elle pu
croire que je serais si fou? Elle cherchait
à se rassurer ; et voilà que j'ai parlé.
Alors elle se révolte ; elle perd un peu la
tête.

Elle s'est dirigée vers la porte, com-
prenant que nous n'avons plus rien à
nous dire. Comme elle va se retirer, elle
se rencontre avec Paul et elle demeure.

— Je venais voir, dit-il, si je n'ai pas
oublié ici un bâton de cire à cacheter...
Je ne peux pas mettre la main dessus...

Il la regarde et ajoute :

— Qu'est-ce que vous avez? Vous
avez l'air agité?

— Demandez-le à André ; il vous le
dira.

Nos petits drames intimes s'accompagnent souvent de petits détails ridicules. Paul a la figure bridée par un
appareil en mousseline qui sert à donner
le pli à la moustache et qui le gêne pour
parler.

— Qu'est-ce qu'il y a?... Que se
passe-t-il?

— Il y a que j'aime Javotte...

D'une main nerveuse, il a retiré son
appareil à moustache. Il est affreuse-
ment pâle et une seconde, il m'apparaît
défiguré par la haine. Puis ses traits se
replacent et il me dit posément :

— Tu t'es monté la tête. Tu as pris au
sérieux des propos qu'elle tient à tout le
monde.

— Et toi?

— Oh ! moi, je ne te souhaite pas
d'être dans ma peau en ce moment.

— Écoute, Paul, écoute-moi... Je ne
pouvais plus vivre ainsi. Cessons de nous
déchirer... Je ne veux pas te disputer
plus longtemps une femme que tu aimes...
Si tu l'aimes assez pour l'épouser, je te
la laisse ; je m'en irai finir ailleurs...

Sinon, laisse-la-moi... laisse-la-moi... Je
ne te la prendrai pas longtemps.

J'attends une parole qui me révèle son
cœur, l'étendue de son amour pour elle
ou de sa pitié pour moi, quelque chose,
un mot humain, il me dit :

— Mais tu es fou !... Qui te parle de
l'épouser?... Toujours tes exagérations!...
Quand on souffre, ce n'est pas une raison
pour vouloir souffrir toute sa vie... Merci,
ce n'est pas avec tout ce que je sais, tout

ce que je découvre... Non, je ne suis pas encore résolu comme toi au suicide... Merci bien... J'ai le cœur assez détraqué comme ça...

— Alors laisse-la-moi.

— Tu es fou... Tu déraisonnes... Tu t'es monté la tête... Elle ne t'aime pas... Elle est venue ici comme elle va chez tous les malades. Ah ! voilà le danger de cette amitié facile, imprudente. Je le lui ai dit souvent : « Prenez garde, vous allez affoler ce garçon qui manque de distractions, qui ne voit que vous, que vos moindres paroles exaltent... »

— Assez, cela suffit. Je vais lui écrire. Elle sera là après le déjeuner ; c'est elle qui parlera, qui se prononcera entre nous.

— Elle s'expliquera... si elle s'explique. J'irai la chercher... car, moi aussi, je tiens à éclaircir cette situation... Ah ! je ne sais pas comment tu t'y es pris pour bouleverser tout le monde, mais tu y as singulièrement réussi...

Il me parle avec une colère froide. Il a aux yeux un reflet de cette haine qui le défigurait tout à l'heure. On sent qu'il voudrait trouver un mot qui me blessât. Il ne voit en moi qu'un envieux qui a gâté son bonheur. Ma mère, qui nous a écoutés, muette, s'écrie :

— Quant à moi, je ne verrai pas cette chose ! Je ne verrai pas cette chose !...

Elle quitte ma chambre. Paul la suit en déclarant :

— Il est fou... Il déraisonne... Il est à enfermer...

Voilà ce que j'ai fait. Auparavant, les mêmes éléments de discorde étaient dans cette maison, mais le silence maintenait la cohésion.

Le drame couvait sourdement à l'intérieur de nous ; mais au-dessus, en surface, c'était l'équivoque, c'était

la paix encore ; ma mère m'embrassait, Paul me tendait la main. J'ai détruit le silence : j'ai tout détruit.

La matinée se passe. Aucun bruit ne s'entend dans cette maison où l'on sent que, derrière chaque porte, il y a quelqu'un qui souffre. Le temps s'écoule, et ce cœur qui bat toujours comme un marteau de forge !... J'ai parlé ; il le fallait !

Je respire mieux. Je ne pouvais plus ruser, plus feindre. Je la veux à moi avec tous les périls que comporte ma folie.

Quand je l'aurai, je saurai bien la garder... Mon bonheur, si court qu'il soit, durera bien autant que moi-même. Je suis sourd à la raison. Je m'exalte. Elle sera là ; je l'imagine étendue à mon côté, défaite, lasse, épuisée ; ainsi elle arrivera à me ressembler ; mais, elle, c'est l'excès du plaisir et de la volupté qui mettra sur sa pâleur l'image de la mort...

Alors elle s'endormira et je la regarderai dormir ; puis l'ombre de la nuit me dérobera ses traits et je me tiendrai de remuer, de tousser pour ne pas l'éveiller. Je verrai passer avec une lenteur infinie les heures qui me sépareront du jour ; mais le matin, je sentirai se dissiper magiquement le poids de l'insomnie ; je ne saurai plus si le jour est maussade, s'il fait froid, s'il fait sombre parce que, au creux tiède de son bras, reposera ma tête et qu'elle me dira, de sa voix la plus douce : « Mon amour, es-tu bien ? »

A midi, Olive vient me demander si elle doit me servir dans mon lit :

— Non, merci, je ne déjeunerai pas.

— Alors, personne ne déjeune, aujourd'hui ? En bas, c'est la même chose.

Elle s'en va, sans bruit. La maison est toujours muette ; le marteau de forge de mon cœur résonne seul dans le silence de la chambre ; et le temps passe encore. Vers deux heures, j'entends des pas, des voix, la voix de Javotte dans l'escalier. Voilà, le moment est venu ; mon sort va se décider.

Elle entre, suivie de Paul très pâle, elle s'approche de mon lit, souriante ; mais il est visible qu'elle fait un effort pour sourire.

— Eh bien ! il paraît que vous n'êtes pas raisonnable, que vous vous rendez plus malade. Mon Dieu ! Qu'est-ce que tout cela veut dire ?

Le moment est venu ! Le moment est venu ! Ces mots sonnent à mon oreille et me grisent. Je lui dis :

— Javotte, il faut parler... Vivre dans l'équivoque n'était plus possible. Vous êtes entre nous deux. Si vous aimez l'un de nous, parlez !

J'attends sa réponse. Mon tourment va cesser. Elle regarde Paul ; elle le plaint sans doute. Mais la vérité s'impose ; il est trop tard pour se taire. Elle dit :

— Calmez-vous... Vous avez la fièvre ; vos mains sont brûlantes. Je ne pourrai vous répondre que lorsque vous serez tout à fait calme.

— Je suis calme ; ne craignez rien.

— Alors, si vous êtes calme, songez à vous. Ici tout le monde est bouleversé, et c'est moi la coupable. Ah ! il est des instants où je me déteste, où je me fais horreur... Moi qui aurais voulu ne voir que des heureux autour de moi ; c'est affreux !

Que signifient ces paroles? Pourquoi ne parle-t-elle pas? J'éprouve une sensation de vide, de déroute, de panique. Pourtant, je fais encore une tentative :

— Javotte, vous ne vous rendez pas compte de la situation. Il y a quelqu'un ici que vous voulez ménager. C'est trop tard. Au point où nous en sommes, quel qu'il soit, c'est un mot de vérité que nous attendons de vous.

Elle baisse la tête. Dans ses yeux une première larme apparaît ; elle ne répond pas. Paul, qui marche vers la glace, déclare :

— Ah ! je peux dire que j'ai connu aujourd'hui ce que la douleur humaine...

Il dit cela en levant les bras. Ses bras retombent ; la phrase reste en l'air, inachevée. Il a fait un vain effort pour se hausser à un ton pathétique qui ne lui va pas. J'entends bien qu'il peut éprouver, lui aussi, des sentiments exaltés ; mais il les porte avec cet air emprunté qu'on a sous des vêtements trop amples, qui ne sont pas à votre taille. Javotte se tait toujours. C'est bien ; j'ai perdu. Il ne faut pas être faible. Je me raidis :

— Allons ! cette pénible scène va finir. Rappelez-vous seulement qu'un jour la pensée m'est venue, le soupçon m'a effleuré que par je ne sais quelle coquetterie perverse vous aviez entrepris de vous faire aimer et de Paul et de moi, que vous aviez joué le même jeu avec chacun de nous, rappelez-vous ce que je vous ai dit : « Si cela était, voyez, je suis sans force, mais j'ai un si frénétique désir de ne pas souffrir que je quitterais Val-

Roland et que je ne vous reverrais plus. » Maintenant, je vous pose une dernière fois la question : Si c'est Paul que vous aimez, dites-le sans crainte. Je ne veux ni ménagements, ni pitié ; il faut choisir.

Alors ce sont des pleurs, des paroles de femme :

— Vous me torturez... vous me torturez... Vous voyez bien que je ne peux pas vous répondre !...

Elle sanglote. A Paul qui s'est rapproché d'elle, elle dit à voix basse :

— Un mouchoir ; donnez-moi un mouchoir...

Il sort pour aller le chercher. On entend dans le couloir une fuite de jupes. C'est Olive, sans doute, surprise aux écoutes. Un instant se passe. Nous n'avons pas échangé une parole. Paul revient avec un mouchoir qu'il a pris le soin de parfumer. Si elle défaille, il est prêt à la retenir dans ses bras ; c'est pourquoi lui-même fleure l'eau de Cologne dont il vient d'inonder ses joues au vaporisateur. La gravité des circonstances ne l'empêche pas d'être attentif à ces menus avantages.

Javotte tamponne ses yeux. Elle répète entre deux sanglots :

— Je suis la seule coupable. C'est de ma faute...

Paul met la main sur son épaule, se penche et la console :

— Ma petite amie, ne pleurez pas... Ne pleurez pas, ma petite amie... Ce n'est pas de votre faute.

Son attitude m'irrite. Il insiste sur ces mots comme pour rejeter la faute sur moi. Je lui dis :

— C'est bon. Ne la touche pas... je te prie de ne pas la toucher...

Il ne m'écoute pas.

— Entends-tu ce que je te dis, je te

défends... je te défends de la toucher...

En cette journée de dimanche, des gens passent sous ma fenêtre, qui peuvent nous entendre, s'arrêter, intrigués par l'éclat de ma voix ; je n'en ai nul souci.

— Remettez-vous, ma petite amie ; ne pleurez plus...

Alors, d'un prompt mouvement vers eux, j'atteins cette main, la saisis avec force et la rejette dans le vide. Il s'est écarté d'un pas, le visage,

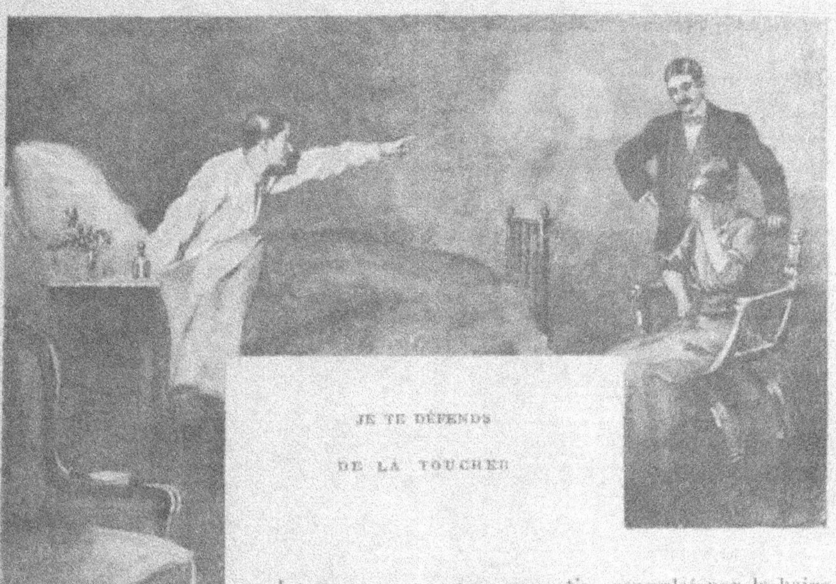

Je me sens prêt à toutes les violences. En moi, un instinct mauvais, longtemps contenu, veut se libérer. Je suis comme un homme monté au faîte de sa maison et qui entend son chien, enfermé dans la cave, qui hurle pour sortir.

Cependant Javotte sanglote, étrangère à ce qui se passe autour d'elle ; Paul, dont la main n'a pas quitté son épaule, répète :

comme ce matin, convulsé par la haine.

— J'en ai assez, tu sais, Gilbert ! Si tu es toqué, je ne le suis pas !

Moi, dressé sur mon lit, les cheveux et les traits en désordre, plein de fureur, hors de moi ; lui correct, fleurant l'eau de Cologne, bien peigné, ses manchettes dépassant la manche d'un centimètre, nous nous défions. Javotte s'est levée.

— Vous n'allez pas vous battre pour moi. Ah ! je n'en vaux pas la peine !...

Nous nous taisons un instant ; Paul s'est reculé vers la porte contre laquelle il s'appuie, très pâle, sans me regarder. Il est plus que pâle, il est livide. D'une main crispée, il contient son cœur délicat. Je sais qu'il suffit parfois d'une émotion trop vive pour qu'il étouffe. Son geste m'a ému. Je sens, par degrés, fléchir ma colère ; je songe seulement que c'est mon ami et que nous sommes malheureux.

Comme Javotte restée debout attend que je parle, je lui dis :

— Alors ! c'est bien... laissez-moi... laissez-moi seul !

Elle proteste :

— Mais je ne veux pas vous quitter ainsi !... Écoutez-moi, Gilbert. Croyez-moi ; malgré toutes les apparences, je ne veux que votre bien ; et vous, ne songez qu'à vous, qu'à votre mère, à votre santé. Voyez l'état où vous êtes et qui peut vous être funeste. Redevenez raisonnable ; soignez-vous et quand vous serez plus calme...

Chacune de ses paroles surprend et choque l'oreille comme ces pièces fausses qui n'ont pas de son. Toutes, l'une après l'autre, me font mal : « En ce moment, tu peux encore la voir, l'entendre ; mais tout à l'heure, quand elle sera partie, tu ne la reverras plus. »

Ainsi, il a suffi d'une petite question répétée pour la déshabiller de ses mensonges. Elle m'apparaît dans sa vérité banale. Tout ce qui s'agitait de fiévreux en moi est désarmé. Dans les crises comme celles-ci, il vient un moment où l'on ne sent plus rien. Je n'aurais pas cru que je pourrais être si calme. Je suis seulement à bout de forces.

— Maintenant, allez-vous-en... allez-vous-en...

Paul l'entraîne :

— Oui, venez ; cela vaudra mieux.

Je la regarde partir et je demeure assommé. Voilà ce qu'il me reste du dernier présent que me fit la vie !...

Du couloir m'arrive encore l'éclat d'une voix nerveuse, une voix de femme excédée répondant à Paul :

— Ah ! laissez-moi !

Il se fait un silence. Elle descend l'escalier tandis que Paul, sans insister, rentre dans sa chambre.

<h1 style="text-align:center">XX</h1>

LA SAGESSE

Le lendemain, j'ai fait remettre à Paul ce billet :

« Mon cher Paul, je te demande pendant quelques jours de ne pas entrer dans ma chambre. Ce n'est pas que mes sentiments profonds aient changé à ton égard. Ils sont les mêmes. Ce qui nous divise n'a pu altérer qu'en surface l'affection que je te porte. Mais j'ai besoin d'être seul. Je suis sûr que tu comprendras mes raisons. Mettons un peu de silence sur ce qui s'est passé et nous retrouverons bientôt entière notre fraternité d'autrefois.

» ANDRÉ »

Voici la réponse de Paul :

« Je comprends parfaitement tes sentiments ; je les partage. Je n'entrerai pas dans ta chambre. Je ferai en sorte que tu ne m'entendes pas ; nous réfléchirons chacun de notre côté. J'ai déjà commencé depuis hier, et je puis te dire que je suis certain d'une chose, c'est que notre affection sortira intacte de ce passage difficile.

» PAUL »

Les jours suivants, dans la solitude de ma chambre où ma mère, elle-même, ne pénètre qu'avec la plus grande discrétion, je pense :

Vois ce qui t'attendrait si tu allais jusqu'au bout de ta folie. Épuisé, sans force pour la joie et pour la douleur, tu es là sur ton lit gardé par Javotte ; tu es couché, elle est debout. Tour à tour brûlant et glacé par la fièvre, il te faut le repos ; il lui faut le mouvement. Le silence te convient ; elle a besoin de bruit. Les émotions te tuent ; elles la font vivre. Tu es une ombre derrière une vitre ; elle est un jardin capiteux. Tout vous sépare ; chaque heure qui te dépouille l'enrichit, car tout vient à elle et tout te quitte. L'empêcheras-tu d'être jeune, ardente, pleine de fougue, d'aimer les fêtes qui te sont interdites, le jeu de pelote, les courses de taureaux? Que feras-tu, quand, privée d'y aller, elle tambourinera, maussade, la vitre? Tu te lèveras pour l'accompagner. Raidi par l'effort, je te vois pâle et crispé dans la voiture qui vous emporte. Sur les gradins, tu as auprès de toi son visage éblouissant, dont frémissent les narines. Elle est joyeuse, redressée, dilatée, admirée ; tu es replié, muet, penché, un foulard autour du cou et si vêtu en plein été que tu donnes chaud à tous ceux qui t'entourent. Empêcheras-tu qu'elle soit un objet de désir quand tu es un objet de pitié, qu'elle aime le changement, les excursions, les réunions nombreuses, quand tes forces te permettent à peine de goûter le commerce intime d'un ami?

Peut-on demander à un être ainsi constitué de se consacrer à un malade, d'assister à son déclin, à sa décrépitude de chaque instant? Si elle l'aime, c'est la plus triste chose du monde ; si elle ne l'aime pas... Et comment m'aimerait-elle? Quand je lui ai dit de choisir entre Paul et moi, quand je l'ai mise en demeure de se prononcer, elle s'en est tirée par des paroles de femme et par des larmes ; mais elle n'a pas répondu. Comment m'aimerait-elle? Je me souviens de cette jolie mercière que je voyais, autrefois, de mes fenêtres, si éprise d'un mari bossu. Je ne pouvais comprendre qu'on pût aimer un être difforme. Encore un être difforme peut plaire par sa bonne

humeur, sa force amoureuse. Mais un malade, quoi de plus attristant?

Non, je vois très clairement ce que serait mon sort si j'allais jusqu'au bout de mon égarement, à supposer que l'imprévu, la nouveauté, son désir du changement et ce qu'elle apercevrait de romanesque dans l'aventure l'amenassent à consentir. Devant la réalité si décevante, elle ne se résignerait ni ne se révolterait ; elle suivrait tout simplement son instinct qui la porte vers le plaisir. Elle n'est point méchante ; elle ne chercherait pas à me faire souffrir. Quand elle me verrait trop faible pour la suivre, elle me dirait : « Reste tranquille. Repose-toi. Je sors. » Et moi, je songerais à son corps si tentant et si mal défendu, qui est là nu sous la robe, convoité par les hommes qui passent et qu'à chaque instant je risque de perdre. Je serais là, cloué sur mon lit, attendant son retour. Je songerais : « Elle t'appartient ; elle est ta femme et elle est moins à toi que lorsque Paul te la disputait. » Et le soir, quand elle rentrerait amollie, détendue, éteinte, elle me retrouverait à la même place. Je considérerais son visage pâli, son air absent, la fatigue répandue sur toute sa personne, étranglé par la peur d'en deviner la cause, pendant que, sans même s'excuser d'être en retard, sans me rendre le moindre compte de ces heures passées loin de moi, elle se laisserait tomber de lassitude, sur une chaise, avec un grand soupir.

Voyons, l'aimes-tu assez pour accepter ce sort? Ce que tu éprouves pour elle est-ce le noble, le pur amour, celui qui se sacrifie dans un sourire et d'une main légère accorde le pardon? Si tu te taisais, serait-ce par grandeur ou par lâcheté? As-tu connu avec elle cette partie lumineuse, éternelle et divine de l'amour? — Non, j'ai connu le poison, le mauvais tourment, le désir seul, plus humain peut-être, que les obstacles alimentent, qu'exalte la jalousie, que ne tue pas la trahison elle-même. Car sa trahison lui a-t-elle fait perdre son attrait sur mes sens? Si j'envisage peu à peu la possibilité de renoncer à elle, c'est que je suis plus sage que fou, c'est que le penchant naturel de mon être, en dehors de cette crise passagère qu'il traverse, m'incline vers la raison, c'est que mon tempérament, le caractère secret de mon individu m'y portent, c'est que je sens obscurément, mais d'une façon profonde, que je suis organisé pour me vaincre. Il faut le faire ; la vérité est là et non ailleurs. Je me dois à cette noble femme qui m'a élevé, qui m'a suivi, qui, par ses soins, me dispute à chaque minute au mal qui me détruit. Elle est l'abri ; Javotte est le péril. Tout ce qui m'attend d'amer, tout ce qui doit me venir de blessures et de larmes est dans celle-ci ; tout ce que je peux souhaiter d'apaisant, de consolant, la courageuse résignation, la fin adoucie et sereine de mes jours sont dans celle-là. Quel funeste souffle voudrait m'entraîner hors de mon sillon? Ma destinée est ici ou là. N'est-il pas en mon pouvoir encore d'être l'arbitre?

Mais comme l'austérité du devoir m'effraie ! Je me vois, ayant opté. C'est fini. La vie n'aura plus de sourires pour moi. Le dimanche qui ouvre la porte de la semaine ne m'apportera rien... Est-ce possible?... Alors, devant moi, il n'y aura plus rien, plus rien que la mort?...

Ne te plains pas. A quoi bon? Dis-toi ceci, qu'il dépend de toi d'être fort. Sois-le, et tu cesseras de souffrir. Ce qui t'attend, qu'en sais-tu? Le malheur se fatigue de persécuter les forts, tandis que le faible appelle ses coups. Celui qui se laisse abattre, qui gémit, qui se lamente, ne sort d'une épreuve que pour tomber dans une autre. Il semble que l'infortune joue avec lui, prenne plaisir à ses plaintes. Mais que l'orage, d'aventure, éclate sur un vaillant capable de lui tenir tête, il en va tout autrement. Le malheur, ayant épuisé ses armes, se lasse de poursuivre qui lui résiste, le patient, le résolu, l'impassible qui ne lui offre aucune prise. Le jeu cesse d'intéresser cette puissance mauvaise qui cherche ailleurs une autre victime.

Je me dis encore :

Les premiers pas dans la voie de la sagesse sont les plus difficiles. L'obstacle à surmonter te paraît grand parce que ton courage est petit. Enfant, une table que ta tête n'atteignait pas, un livre que ta main ne pouvait couvrir étaient immenses à tes yeux. Puis, quand s'est haussée ta taille, quand ta main s'est développée, ces choses, étant demeurées les mêmes, t'ont paru réduites. Pareillement, à mesure que l'énergie, la volonté croîtront en toi, tu verras se rapetisser l'obstacle ; tu reconnaîtras que cet amour n'était pas la raison suprême de ta vie, qu'il n'en a été que l'accident.

Je me répète chaque jour ces choses. Elles me font du bien.

Un matin, Paul est entré dans ma chambre :

— Peux-tu me recevoir?

— Entre. J'allais justement te faire prier de venir. J'ai à te parler. Je ne sais pas si de ton côté tu as pris une détermination ; mais, pour ma part, j'en ai prise une : je renonce à Javotte.

Il m'a dit :

— Moi aussi. J'ai réfléchi ; je suis presque tranquille ; c'est moins dur que je ne pensais. Depuis quelques jours, ça va mieux ; il me semble qu'on m'a ôté un poids sur la poitrine. Aussi je suis bien résolu à ne plus la revoir... Si tu veux, nous ne parlerons plus de cette morte.

Il ajoute :

— Maintenant, mon petit, je crois que nous pouvons nous embrasser.

Ma mère, qui n'assistait pas à notre entretien, est entrée dans la chambre. Elle nous a vus réconciliés. Elle a compris. Une émotion qu'elle ne peut contenir bouleverse son fin visage.

— Ah ! dit-elle, je savais bien que tu serais fort, que tu serais courageux et brave, que tu écouterais la raison. Je n'ai pas douté de toi. Dès le lendemain de cette scène, j'ai eu confiance. Je savais que seul avec toi-même, tu te retrouverais, tu mesurerais mieux jusqu'où t'aurait conduit cette malheureuse passion. Enfin, c'est fini. Tu l'oublieras. Nous partirons. Tu es sauvé. Ah ! je suis bien heureuse !...

Cependant, celle contre qui nous avons pris ces fermes résolutions commence à s'inquiéter de notre silence. Elle est passée plusieurs fois sous ma fenêtre. De ma chaise longue, je l'ai aperçue ; j'ai eu la force de ne pas bouger. Je me souviens de lui avoir dit un jour qu'elle portait le béret basque : « Ce béret vous va très bien ». Elle ne l'avait pas remis ; mais ces jours-ci, en passant sous ma fenêtre, elle l'avait.

Enfin, cette lettre m'est parvenue

Mardi, 5 heures.

« Mon ami,

« Ce que j'éprouve est insoutenable, et, ne me sentant pas l'énergie nécessaire pour rester ce soir dans cet état d'âme, avant de voir arriver la nuit et sa sombre influence, je ne puis m'empêcher de jeter vers vous ce cri de détresse. Je souffre ! je souffre ! je souffre !

« Ah ! comment donner à mes paroles un son capable de vous émouvoir? Quoi

que je fasse, cette lettre ne vous dira pas
à quelles douleurs mon âme est en proie...
Écoutez-moi, je sais les ménagements
qu'exige votre état ; je ne songe pas à
vous imposer la fatigue de venir jusque
chez moi, je vous demande seulement,
je vous supplie de venir à la villa Suzanne
qui est en face de vous. Mon amie,
madame Toledo, se met à notre dispo-

MAINTENANT MON PETIT

sition. Vous ne pouvez pas me refuser
cette entrevue. Dites-moi que vous vien-
drez, et ce jour-là du moins la vérité se
fera jour. Car je veux que vous sachiez
par moi-même que ma conscience ne me
reproche rien. Une raison plus forte que
ma volonté et devant laquelle j'ai dû
m'incliner justifiait mon attitude vis-à-
vis de vous, mais au prix de quel sacrifice !

» Vous qui avez souffert, vous, mon
ami, comprendrez peut-être la sincérité de
mon cri.

» Vous sentir là, en face, à deux pas de
moi, dans l'ignorance de certaines choses
et ne pouvoir rien dire ! C'est plus qu'il
n'en faut pour ma pauvre tête égarée
après d'atroces nuits sans sommeil.

» Soyez humain en ne me refusant
pas la faculté de vous parler sans retard
devant mon amie qui a été la confidente
et le témoin de toutes mes angoisses.
J'en appelle à votre cœur loyal, et devant
l'insuffisance des mots qui traduisent si
mal le fond des sentiments, je me désespère, je me tords, je deviens folle !...

» S'il est vrai que vous allez partir
bientôt, comme déjà on l'annonce, s'il
est vrai que cet épouvantable dénoue-
ment m'attend dans quelques semaines,
pourquoi me laisser agoniser ainsi lentement ?

» Pardonnez à ma raison éprouvée le
ton et l'accent de ces lignes. Je ne veux
pas savoir ce qui a pu me rabaisser à vos
yeux ; je sais seulement que j'étouffe,
que je sanglote et que peut-être vous ne
me croirez pas...

» JAVOTTE »

Paul était avec moi quand Olive m'a
remis cette lettre. Plus remué par cette
lecture que je ne l'aurais voulu, je lui ai
dit :

— C'est de Javotte. Je voudrais te la
montrer, car à présent nous ne devons
plus rien nous cacher ; mais il y a là-
dedans une douleur simulée ou réelle
que je ne peux pas me résigner à trahir...
C'est une femme... Sache seulement
que je ne lui répondrai pas.

— Tu as raison. Je ne veux pas savoir
ce qu'elle t'écrit. Que m'importe tout
ce qu'elle peut inventer à présent !...
Mais tu peux t'attendre à un bel étalage
de ces phrases auxquelles malgré soi
on se laisse toujours prendre... Ce qui

me rassure, c'est que notre amitié est désormais à l'abri des entreprises de cette gredine.

Il en parle sans indulgence. Mais il faut se mettre à la place de Paul qui constate avec un peu d'humeur involontaire que

soient persuasives ou qu'elles n'aient aucun sens, je n'entendrai pas ses paroles ; j'entendrai le son de sa voix et je n'aurai plus de force dans les jambes. Même s'imposât-elle le silence, qu'il lui suffirait de me regarder ; son regard m'engourdirait le cœur. Et tînt-elle les yeux baissés que la seule vue de sa bouche dissoudrait mon courage...

Non, il ne faut pas, il ne faut pas que je la revoie.

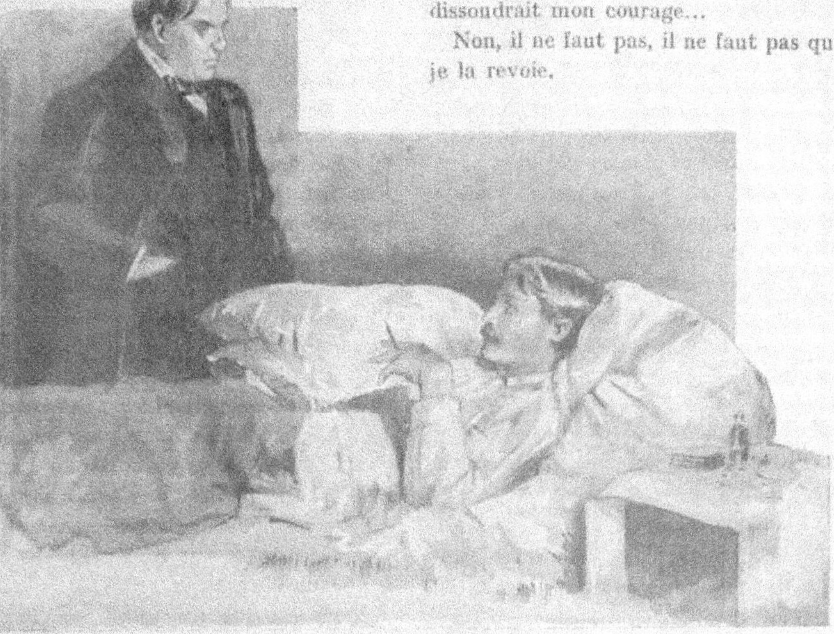

c'est à moi et non à lui qu'elle a écrit.

Que ferai-je? J'ai dit à Paul que je ne répondrais pas. Je relis la lettre lentement quand je suis seul. Je suis ému ; mais ma conviction n'est pas ébranlée. Que ferai-je? Si je la revois, le moindre de ses gestes m'attachera à elle mieux que la preuve la plus éclatante de sa sincérité? Et même si je suis convaincu qu'elle ment, en sera-t-elle moins désirable? Alors que m'importent ses explications? Quoi qu'elle dise, que ses paroles

Maintenant, c'est la détente ; l'organisme cède. Je ne quitte plus la chambre. C'est à peine si je me lève pour aller m'étendre près de la fenêtre. Debout, mes jambes chancellent. Je suis essoufflé au moindre mouvement. J'éprouve une vive douleur entre les épaules. Évidemment, il se fait en moi une diminution sensible des forces. Je n'ose plus prendre ma température ; mais le feu de mes pommettes, mon pouls précipité, mes mains brûlantes indiquent suffisamment que ma fièvre est permanente.

Je me suis décidé à me remettre entre les mains du docteur. Il est venu. Il m'a ausculté longuement.

— Respirez... Respirez donc... vous ne respirez pas.

— Mais si, docteur, je respire autant que je peux.

— Je n'entends rien du tout.

L'oreille contre mon dos, il soufflait, s'obstinait, me faisait compter :

— Quarante et un, quarante-deux, quarante-trois, quarante-quatre...

— Allons ! ce n'est pas brillant : mais il ne faut pas s'en étonner... Vous ne voulez donc pas guérir ?

Il sait ce qui se passe et il me le fait comprendre d'une façon bourrue et paternelle qu'autorisent son âge et sa fonction. Puis, se tournant vers ma mère :

— Madame, il faut emmener votre fils. Si vous prolongez votre séjour ici, je ne réponds plus de rien. Je parle devant lui pour qu'il ne l'ignore pas.

J'ai dit :

— Mais je ne peux pas me mettre en route dans l'état où je suis. Je me sens trop faible.

— Rassurez-vous, ce n'est pas le voyage qui m'inquiète ; vous le supporterez très bien. Choisissez aux environs de Paris un endroit aéré, éloigné de la Seine, vous y serez au mieux pendant les mois de soleil.

Ma mère, alors, a proposé :

— Nous avons à Sannois, dans la vallée de Montmorency, une petite propriété où nous passions chaque année, avant sa maladie, une partie de l'été. Comme il nous faut désormais renoncer à Paris, c'est là que nous comptons nous fixer définitivement.

— C'est cela. Allez-y ; c'est ce qu'il vous faut. Mais partez le plus tôt possible. Vous m'entendez bien, partez sans plus attendre.

Il en est ainsi décidé. Nous partons dans une semaine. Mais aurai-je la force de ne plus la revoir ?

<h2 style="text-align:center">XXI</h2>

<h3 style="text-align:center">LE DEVOIR</h3>

Je ne l'ai pas revue.

Le jour de notre départ, elle était dans la villa Suzanne, chez madame Toledo. Elle chantait une mélodie de Massenet et je comprenais que c'était pour moi, pour m'attendrir, pour me retenir, qu'elle chantait d'une voix si chaude et si implorante. J'entendrai longtemps cette voix qui m'appelait.

Voilà, c'est fini, notre court roman, et je vais encore parler d'elle. Je voudrais qu'il s'échappât de cette page quelque chose de lent et de triste comme la fumée qui monterait d'une petite maison muette où l'on saurait que, derrière les volets clos, quelqu'un est occupé à brûler des lettres d'amour.

Après une trop belle saison, un voyage enivrant, ou le lendemain d'une fête, on vit d'une façon un peu silencieuse, un peu mélancolique et pleine de souvenirs. Mais quand on a quitté pour toujours un être auprès duquel on avait rêvé mourir, on vit d'une façon humble, si courbée, tellement soumise au destin !...

C'est ainsi que je vis, depuis que nous avons regagné notre logis d'été à Sannois, au pied de la colline. J'y suis entré un matin gris d'avril, aussi brisé de corps que d'âme. Quelle angoisse dès que j'eus refermé la porte ! Les malles, les cartons, qui encombraient le vestibule, l'aspect inhabité des chambres entretenaient en moi la sensation déchirante de la séparation. Encore, à Val-Roland, je savais qu'elle était là, à deux pas de moi, qu'elle pouvait passer sous ma fenêtre. Mais ici !... Je regardais, pendant qu'on préparait mon lit, ces murs longtemps plongés dans la nuit, cette demeure sonore et froide comme un tombeau. La lumière n'avait pas encore réveillé l'atmosphère, le charme endormi de mes heures d'autrefois. Je me disais : « Il faut quelques jours pour que l'air s'attiédisse, pour que je m'adapte. » Je me mouvais avec une sorte de lenteur accablée. J'évoquais notre chalet de là-bas, le silence, l'odeur de thé de cette petite salle à manger, le tic tac de la vieille horloge qui est dans l'escalier. En tournant un peu la tête, il me semblait revoir, accrochées au mur, deux natures mortes naïvement peintes que Paul trouvait « touchantes » ; en prêtant l'oreille, il me semblait entendre le feu qui respire, la petite voix de la lampe et le pas d'Olive qui fait tinter les verres sur la table. Que tout cela était lointain !

Lointains, l'éclairage rêveur que j'aime tant, le faible rayonnement de la route qui semble de la lueur de veilleuse, l'allée pensive qui est bien le prolongement d'une chambre de malade ! Lointains, le chant du pâtre qu'amplifie l'écho de la montagne, les fumées paresseuses sur les toits, le petit cimetière où je voulais dormir, et, devant l'église, cette terrasse solitaire et chaude, où le soleil s'ennuie !...

Les premiers temps de mon séjour à Val-Roland, qu'ils furent doux ! Mais elle est venue et je n'ai plus goûté le silence et les bruits du village, la tiédeur du matin dans la chambre, l'intimité des lampes, l'odeur de la pluie et les après-midi bleus et vermeils. Elle est venue... Ah ! pourquoi es-tu venue?

Je te connaissais bien. Je savais l'heure où tu venais à moi et où ta marche légère, dans l'allée, tendait sur ton beau corps ta robe comme celle de ces Victoires que drape le vent. Je savais la place près de la fenêtre où le soleil dorait ta peau comme la pelure d'un fruit, tandis que la volonté de m'asservir était dans ton beau front, dans tes yeux un peu étrangement éclairés, dans chaque souffle qui soulevait comme deux ailes ta poitrine cachée. Je savais le moment où tu commençais de m'oublier, où tu secouais, en descendant l'escalier, tous ces petits riens que tu emportais de notre intimité, tous ces petits riens qui faisaient déborder de moi et se répandre en toi le contenu de ma faible vie. Je savais que, de ta bouche qui mentait, me venait cet obstacle, là, sur la gorge, qui m'empêchait de respirer. Je te parlais en badinant ; je te considérais avec une moquerie légère, et j'avais le cœur serré à chacune des minutes qui se détachaient de l'heure et déjà n'étaient plus... Combien de fois ai-je pleuré, angoissé par l'attente et la peur de te perdre ! Je t'attendais si frénétique, si malheureux, si déchiré... et puis tu venais ; tu me donnais tes mains et j'étais consolé.

J'étais consolé, mais sans sécurité pourtant. Tes mains, un instant consolatrices, je les sentais trop capricieuses, trop mobiles, toujours prêtes à se reprendre ; elles n'étaient pas de celles, douces et pures, qui se posent sur un front et sur une pensée, de celles qui apaisent, qui rassurent, qui rendent la confiance.

Je savais que tant que je te connaîtrais, je ne serais ni patient, ni heureux ni tranquille ; que tout ce que tu m'offrais ne saurait jamais contenter mon âme, et ce qui est arrivé était inévitable.

Mon amie, tu comptais trop sur ma faiblesse. Tu me laissais, tu me retrouvais, sûre de ton pouvoir et de mon désir, et pourtant, tu vois, je suis parti.

Et maintenant, il faut que je reprenne mes pensées, une à une, et tous les sentiments de mon cœur, que je remette de l'ordre dans ce désordre, que j'installe la paix là où tu as mis tant de tumulte, que je détruise ton ouvrage, que je retourne à l'austérité morne de mes jours d'autrefois. Hélas ! une âme ardente supporte la douleur, mais comment supporter l'ennui?...

La sonnette de la maison peut tinter, j'ai fini de tressaillir. Un pas peut gravir l'escalier, je sais bien que ce n'est pas toi... Toi, tu es là-bas, dans ce pays que j'aimais et où je ne reviendrai plus. Tu continues à promener ingénument dans toutes les chambres de malades ton beau cœur passionné qui les éclaire comme un flambeau.

Tu aimes tant les malades !

Je t'évoque dans n'importe quel chalet, partout où il y a un homme affaibli et désœuvré. Son visage délicat se tourne vers toi avec une force d'attention contenue. Tu ris, tu verses le thé, et, de même qu'on voit monter le liquide vermeil à travers la tasse de fine porcelaine, je vois, à chacun de tes gestes, transparaître et progresser une joie chaude à travers le visage délicat. Et je t'entends lui dire :

— Je suis sûre qu'on vous a dit du mal de moi et que vous l'avez cru... Dites-moi ce qu'on vous a raconté... Ça m'amuse tant de savoir !...

Ou bien je t'entrevois près de ta fenêtre, penchée sur un billet que tu achèves et qui ne m'est pas destiné. Et je te retrouve encore dans quelque jardin, quand vient le soir, cachée par un bosquet et prononçant de ta voix grave et veloutée des paroles d'amour qui ne sont pas pour moi...

Les lettres de Paul ont repris leur voyage amical. Il s'ennuie à Bordeaux où il s'est fixé. Il vient d'aller passer huit jours à Saint-Jean-de-Luz. Sa dernière lettre me disait :

« Je n'ai pas voulu repartir sans avoir revu Val-Roland, un peu poussé par la curiosité que tu devines. Dans l'allée, comme je faisais les cent pas, je me trouve soudain face à face avec « la Dame qui souffla la tempête entre nous ». — Bonjour, mademoiselle. — Bonjour, monsieur. Ce fut tout. Elle passa très digne, enfermée dans une sorte de réserve hostile. Je ne pouvais insister. Étrange fille ! »

Alors, j'entends de nouveau avec plus de force la voix qui m'appelait le jour de mon départ. La lettre, qu'elle m'a écrite, se reconstruit dans mon esprit : « Une raison plus forte que ma volonté et devant laquelle j'ai dû m'incliner justifiait mon attitude vis-à-vis de vous ; mais au prix de quel sacrifice !... Vous mon ami, qui avez souffert, comprendrez la sincérité de mon cri... Vous sentir là, en face, à deux pas de moi, dans l'ignorance de certaines choses et ne pouvoir rien dire ! » Ah ! l'effet pernicieux de ces phrases sur qui ne demande encore qu'à les croire ! Le poison recommence à s'infiltrer en moi. Qui sait si je n'ai pas eu tort? Qui sait si elle ne m'a pas aimé?

Pourquoi m'aurait-elle aimé? Mais

est-ce que l'amour s'explique? Est-il un sentiment plus arbitraire, plus inconcevable, plus incompréhensible? Explique-t-on seulement l'amitié qui est, en somme, un des degrés inférieurs de l'amour? Choisissons-nous nos amis pour leur valeur ou leurs vertus? L'admiration, l'estime font-elles pencher notre cœur et contre-balancent-elles des raisons plus mystérieuses qui nous portent vers ceux dont nous subissons malgré nous l'attrait, dont nous excusons d'avance tous les travers, tous les défauts? Nos préférences sont instinctives, irrésistibles, injustes. Les meilleurs offices, le dévouement, la fidélité de ceux que nous n'avons pas élus, même s'ils nous touchent, ne leur conquièrent point notre réelle, notre intime, notre profonde affection et ne peuvent faire que nous éprouvions en leur présence cette sensation de plaisir ou de joie que nous apportent de vrais amis. Alors, quand nous ne pouvons même pas expliquer l'amitié, comment expliquerions-nous l'amour?

Il faut le dire : Ici, j'ai plus de courage. On aime partout ; partout on peut être faible, déraisonnable, insensé ; mais on a plus de courage sous certains climats. A Val-Roland, l'atmosphère voluptueuse et molle vous livre sans défense à tous vos désirs. La trame de l'air semble une étoffe qui se détend. Rien ne vous soutient ; la volonté n'a pas de support. On se sent irrésolu, désemparé, vulnérable. Ici, au contraire, le temps vif, l'air serré vous raffermissent. Il y a sans cesse autour de soi comme un effort qui nous aide. Un invisible secours vient à nous qui nous révèle à nous-mêmes nos secrètes énergies.

Allons ! je l'oublierai. Je sais que si je vis assez pour pouvoir mettre entre nous l'épaisseur de l'été, je verrai s'affaisser mon regret. L'énigme ne sera jamais résolue ; mais le doute cessera de me tourmenter. J'en serai distrait quelques jours, puis il reviendra. Je l'oublierai encore, puis je le retrouverai un soir, comme un hôte qu'on n'attend plus et qui vient, de loin en loin, s'asseoir à votre table. Enfin la paix se fera. C'est ainsi que se fatiguent et s'usent à la longue, parmi nos maux, ceux qui ne sont point mortels.

Les jours se succèdent. Je les vois s'envoler comme les derniers pétales qui tombent de ma vie. Nous sommes au milieu de mai. Les après-midi favorables, je demeure étendu dans un petit kiosque qu'ombrageront, en été, deux acacias qui n'ont pas encore de feuilles. J'entends, dans le parc voisin, un jardinier tailler une haie d'aubépines ou bien passer le râteau sur le gravier des allées. Ce parc est planté de hauts sapins qui limitent ma vue. Un petit sentier public le sépare de mon jardin étroit et long où je fais quelques pas, sous des arbres fruitiers, entre une double bordure d'œillets blancs, quand décline le jour et qu'on perçoit partout les bruits de l'arrosoir. Autour de moi, ce ne sont que verdures, que vergers. Il n'y a rien d'autre. Et en moi, il n'y a rien non plus, que le souvenir de Javotte qui plane tristement sur mon cœur vide, comme un soleil sur un désert...

Ainsi, mon amie, quand je veux me détacher de toi, je n'ai pour me distraire que la couleur de l'air, le jardin, tour à tour dilaté par la lumière et rétréci par l'ombre, les heures qui tournent, sans bruit, autour de la maison. Mais il le faut ! Je m'intéresse à tout ce qui m'entoure. J'appelle à moi des pensées hautes ; je songe à des choses très vagues que tu ne pourrais saisir, que je dirai plus loin ; et je donne congé à ton image, ayant, comme chaque jour, rendez-vous avec le devoir.

XXII

RÊVERIE DANS UN JARDIN

J'ai passé l'été étendu dans mon petit kiosque, à rêver, à jouir une dernière fois du mystérieux enchantement qui enveloppe les hommes. Septembre est venu. Sur le rideau de sapins où mon regard se pose, je vois s'affaiblir la lumière dont le rayonnement se fait plus émouvant de jour en jour. C'est l'instant de la morne féerie, des journées douces et dorées qui amollissent le cœur. Le paysage le plus indigent se magnifie. Quelle paix rêveuse dans une allée en septembre et en octobre ! Quelle ardente mélancolie ! De leur décomposition prochaine, les choses semblent avoir le grand pressentiment et l'âme cesse de se croire seule quand elle sent autour d'elle toutes ces forces en déclin, quand elle sent dans l'espace tant de lyrisme et de regret.

Chaque matin, la lumière en se séparant de l'ombre me trouve déjà éveillé. Dans l'air, si limpide qu'il semble avoir été filtré par la nuit, il y a encore des chants d'oiseaux. Ce sont les derniers de la saison. Ils se dispersent, se fragmentent et, pendant que mon oreille les recueille et les rassemble un à un, je crois réunir les morceaux épars d'une page déchirée. Bientôt cette douce naissance d'une journée nouvelle m'appelle au jardin. Je me lève. C'est le moment où je refais

connaissance avec moi-même. La glace
me renvoie un étrange visage auquel je
ne parviens pas à m'accoutumer. Les
cheveux et la barbe, qui ont blanchi par
places d'une façon inégale, ont l'air fané,
déteint, d'une étoffe de mauvaise qua-

sommet qu'il se révèle et, parce que
l'organisme a été touché dans ses parties
obscures, la vie s'éteint à la cime de
l'arbre.

Il me semble que l'automne dernier,
à Davos, j'ai vaguement pensé quelque

ÊTE DU DANS UN PETIT KIOSQUE

lité. Il s'en dégage une impression de
disgrâce, de pauvreté, comme si une partie de mon vêtement était usée.

Il y a, devant ma fenêtre, un sorbier
dont la cime jaunit et se dessèche parce
que, sous la terre, un mal que je ne puis
percevoir, ronge ses racines. Je ressemble
à ce sorbier. Le sourd travail que la
maladie poursuit en moi, c'est à mon

chose d'analogue. Mais là-bas, encore,
je paraissais si jeune ! J'avais l'air d'un
adolescent affaibli par une rapide crois-
sance ; et voici que, sans transition, j'ai
passé d'un extrême à l'autre, comme au
théâtre, selon la volonté de l'auteur, un
personnage vieillit de vingt ans dans
l'intervalle d'un entr'acte. Il en résulte
cette surprise quotidienne que j'ai à

consulter ma glace. Je crois toujours que je me trompe, que ce n'est pas moi, que je suis victime d'une supercherie. Alors, je descends et, dehors, si j'adresse la parole, comme cela m'est arrivé hier, à un enfant arrêté devant ma grille, l'en-

PLUS LOIN IL SE RETOURNE

fant à demi effrayé se met à courir puis, vingt pas plus loin, rassuré par la distance, il se retourne et dit en me désignant du doigt :

— Ah ! ah ! le bonhomme !

Le bonhomme !...

Chaque matin, donc, je descends au jardin de mon pas de bonhomme. Dans l'allée, le soleil est avec moi. D'une façon affectueuse, sans peser, il touche ma faible épaule. Il m'encourage, il m'accompagne comme un ami.

Je donne un regard aux acacias qui sont les blonds parmi les arbres. Leur ombre légère remue sur le petit kiosque où je vais m'étendre. A cause du rideau de sapins qui limite ma vue, je suis comme enfermé dans un cloître de verdure. Tout se resserre autour de moi. Tout devient plus intime. D'une forge voisine m'arrivent plus atténuées les sonorités mélancoliques du fer que frappe le marteau. Un rouge-gorge, sur le cerisier, veut que je l'écoute, et, quand il se tait, j'entends la voix lointaine du coucou qui sonne les dernières heures de l'été. Ainsi passe le temps. Parfois une reine-Claude trop mûre roule sur le petit toit qui me protège et va se meurtrir à terre où elle suscite aussitôt un bourdonnement de guêpes. Parfois, c'est une poire de curé qui tombe de très haut, et, pendant qu'elle tombe, je vois son ombre attentive courir sur le sol pour la rejoindre et la recevoir. Ici, un insecte, dont j'ignore le nom, creuse, au prix d'efforts inouïs, un petit trou où il se tiendra embusqué, guettant plus faible que soi ; là, deux

papillons qui se poursuivent décorent
le mur de leurs guirlandes ; et, sur les
montants du kiosque que parcourent
en longues files les fourmis laborieuses,
autour de ma tête, dans l'air que les
mouches emplissent de leur ballet aérien,
sur chaque rosier, où un insecte, dont
j'ignore aussi le nom, pratique, à l'aide
d'une petite scie, une entaille pour y
déposer ses œufs, au centre de cette
toile qu'achève l'araignée, partout, quelle
hâte de vivre chez ces êtres innombrables
qui, menacés par l'hiver, remplissent
avec plus d'ardeur leur fonction belli-
queuse ou débonnaire et qu'on ne distingue pas toujours de leur milieu, telle
la vrillette qu'on prendrait pour une par-
celle de bois, tel l'opâtre qui ressemble
à un grain de sable !...

Comment garder l'impression d'être
une cellule isolée, ne pas s'intéresser
à tout cela, aux mille petites amies que
veulent être les fleurs pour celui qui les
cultive, aux feuilles qui humblement
grandissent, se colorent, donnent un
peu d'ombre, sèchent et se détachent
de l'arbre, aux racines qui sont de
lentes énergies cachées, aux liserons
qu'on arrache et qu'on retrouve sous ses
pas comme autant de petites volontés
patientes, au sourd travail des forces de
la vie? Comment se refuser à jouir du
plaisir secret et inexplicable qui vous
vient d'un vieux figuier penché d'une
certaine façon ou du grincement, dans la
rue voisine, d'un vieux portail évocateur
de broussailles et de solitude? Parce que
mes amis me négligent ou m'aban-
donnent, parce que ceux que la curiosité ramenait à moi m'ont comblé en
partant de souhaits affectueux, de paroles d'espérance et qu'ils ne sont pas
revenus, vais-je me lamenter?

Ne sais-je pas, ne savons-nous pas
qu'il y a dans tout ce qui réussit une
vertu attirante et dans tout ce qui
échoue je ne sais quoi qui éloigne?
Nous nous sentons plus légers si, devant
nous, une hirondelle trace les courbes
de son vol, tandis que la fatigue d'un
cheval qui gravit une côte nous alourdit
les jambes. L'homme recherche instinctivement les images de la joie. Nous
savons donc qu'une période d'épreuve
ou d'infortune fera le vide autour de
nous. Pourquoi, lorsque les circonstances
nous forcent à subir cette loi, semblons-
nous la découvrir et en éprouvons-nous
une sorte de stupéfaction triste? On
mesure sa déchéance aux réponses si
lentes qu'on reçoit à ses lettres, et qui
autrefois étaient si promptes à venir,
à tant de sympathies qui se sont refroidies. Pour ma part, je sens vivement
la faute que j'ai commise aux yeux de
mes meilleurs camarades par mon obsti-
nation à demeurer malade. En ne repre-
nant pas ma place dans l'activité, je me
raye du nombre de ceux qui comptent,
je cesse d'être une valeur sociale. J'ai
tort ; je suis coupable vis-à-vis de ceux
qui croyaient à ma fortune d'avoir
déçu leurs espérances.

Il faut le reconnaître. Il y a une certaine beauté dans la réussite, comme il
y a quelque laideur dans l'insuccès. Que
toutes les conséquences de la laideur
s'attachent à la défaite, qu'on éprouve
pour l'une et pour l'autre la même com-
passion distraite, le même éloignement,
peut-être cela n'est-il pas bon, ni juste ;
mais cela est logique dans une certaine
mesure. Ce qu'on admire, c'est une
œuvre heureuse de la nature, un organisme exceptionnel, un cerveau de génie,
la beauté d'un visage, tout ce que nous

tenons de la naissance et non pas de l'effort, tout ce qui dans l'homme semble d'essence divine. Tentez de vous surpasser avec une santé débile, une petite taille, des dons moyens, on dira : « Ce n'est pas mal. » L'effort n'a droit qu'à une estime secondaire. Ames vaillantes, logées dans un corps trop faible, qui défaillez en chemin, n'attendez que l'oubli. Si vous tombez, c'est que vous ne formiez pas un être complet, c'est que la nature n'avait pas mis en vous les forces nécessaires à votre aboutissement.

Certes, j'ai subi, comme chacun de nous, l'attrait du triomphe ; mais, devant le triomphateur, j'ai toujours pensé : « Celui-là n'a plus besoin de moi. » Lorsqu'une cause au succès de laquelle j'ai contribué de toute mon adhésion est gagnée, ma sympathie se renverse et je me tourne avec intérêt vers l'adversaire, vers la cause perdue, où l'on n'avait peut-être pas tout à fait tort, cédant, malgré moi, à cet instinct irrésistible qui m'a toujours porté à prendre le parti du plus faible.

Je n'ignore pas combien une telle disposition risque d'affaiblir l'énergie et je ne la conseille pas à ceux qui ne sauraient me comprendre. La plupart des hommes vont au triomphateur. Qu'ils y aillent !

Je ne dois pas me dire : « Pierre qui me suivait, qui m'enviait, a vu par ma disparition s'offrir à lui les fruits qui m'attendaient. Le petit Pascal vient d'épouser une créature adorable. Étienne approche de la gloire. J'étais le plus décidé, le plus volontaire d'entre eux, le plus entraîné à goûter la joie sainte du travail, l'ami de bon conseil, jamais découragé, dont ils disaient : « Celui-là, son affaire est bonne », et me voilà sur une chaise longue, jusqu'à ma dernière heure. » Non, je ne dois pas me dire ces choses. Quand on accepte courageusement un sort comme le mien, on s'avise de cette vérité que tout a une limite : le bonheur comme la souffrance. On n'est jamais aussi heureux qu'on le souhaite, ni aussi deshérité qu'on le croit.

La journée du solitaire est une plaine nue. La plus légère impression y résonne profondément. Chaque menu fait s'y détache comme des pas sur la neige. L'esprit y est plus attentif, plus vigilant, plus apte à découvrir la petite source de joie qui se cache dans les plus humbles choses. On m'eût bien étonné autrefois, en me disant qu'il y avait en moi la possibilité de vivre seul sans connaître l'ennui. Je ne connais pas l'ennui. Mais les raisons que j'en pourrais donner ne me semblent excellentes que si je me les donne à moi-même. Si je les expose à autrui, je les trouve piteuses. Il en est d'elles comme de ces meubles qui nous séduisent dans l'intimité d'un appartement et nous désenchantent quand l'occasion d'un départ les livre, un instant, au jour cru de la rue.

Peut-on rendre cette sensation de plénitude inattendue qui vient du vide même, comme l'extrême froid produit l'effet d'une brûlure, cette sensation d'être comblé qu'on éprouve à de certaines minutes, cette douce sérénité sans relations avec les circonstances, cette félicité surprenante et si courte qui jaillissent de nous tout à coup, d'une façon animale, et auxquelles nous ne comprenons rien?...

Si l'odeur royale des dernières roses retarde un instant ma marche dans l'allée, si le cri du rouge-gorge me fait lever la tête vers la cime du cerisier, si

je goûte, dans l'été qui s'en va, la plus
déchirante des fins de fête, si ce temps
rêveur, cette lumière oblique, ce jardin
dénoué qui découvre ses suprêmes beautés, m'étourdissent un peu, si j'entre en
confidence avec tout ce qui m'entoure,
si j'ai mieux senti aujourd'hui à mon côté
l'affection qui me soutient, dois-je croire
que tout bonheur a déserté ma vie?
Quand on s'éloigne résolument de ce
qu'on a perdu et qu'on se tourne vers
ce qui vous reste, on cesse d'appeler
le bonheur, on cesse d'ouvrir une après
l'autre toutes les portes de sa maison
en criant : « Où es-tu? » et, cessant de
le chercher, on le trouve, on le reconnaît
sous ses plus humbles aspects. Le parfum de la rose, l'éclairage qui m'enchante,
la main qui est demeurée longtemps sur
mon épaule, tout cela, n'est-ce pas encore
quelque chose de lui?

Maintenant il m'arrive encore de penser à Javotte ; j'y pense même souvent.
Je voudrais affirmer le contraire et que
je me suis reconquis ; mais si je ne dis
pas la vérité ces lignes n'ont aucune raison d'être. Non, la paix ne m'est pas
encore venue de ce côté-là. Il y a toujours ce doute qui subsiste, que le temps
et la réflexion n'ont pu détruire et qui
s'exprime par cette petite phrase mille
fois répétée : « Et si, par impossible,
elle a été sincère? »

Qui le sait? Qui me le dira?

Ainsi, du côté de l'amour, la paix ne
m'est pas encore venue ; par contre,
elle me vient chaque jour davantage du
côté de la mort. L'espèce de quiétude
étrange, le calme fataliste des premiers
jours du mal, sont de nouveau en
moi.

Ce n'est pas que mon cœur ne connaisse

plus de défaillances et que, parfois,
je n'éprouve avec une poignante évi-
dence que mourir à trente ans c'est mourir davantage ; mais, en somme, ma
propre expérience confirme la justesse
de cette parole d'un de mes amis :
« Dans tous nos maux, il est trois
phases ; d'abord on s'illusionne, ensuite
on se révolte, enfin on se soumet. »

Cet état d'esprit, je le tiens de mon
père, dont je sens avec émotion grandir
en moi, sous la ressemblance physique,
la personnalité morale. Cette patience
nouvelle qui me porte à souffrir mon destin me vient de lui. De lui, cette soumission à la grande loi de périr et de disparaître qui frappe chacun à une heure
différente et qu'on doit s'efforcer de
subir avec sérénité parce que, sans que
nous le comprenions, cela est nécessaire ; il faut que cela soit.

Le malade qui, séduit par la magie
d'un jour doré d'automne, a reçu dans
son cœur l'apaisement venu de la terre
où tout se transforme, comprend confu-
sément que les forces qui sont en elle
et qui vont le reprendre sont bienfai-
santes et généreuses, et même si tout
en lui n'accepte pas la mort, c'est avec
moins d'effroi qu'il voit venir l'heure
de s'endormir, à la fin d'un beau soir,
dans cette terre qui l'a porté, bercé par
ces forces généreuses et maternelles.

Autour de moi, sans cesse, je sens
présentes, invisibles et rassurantes, une
prévoyance souveraine et une immense
sagesse. J'y veux voir aussi un peu de
bonté. En dépit des meurtres sur lesquels se fonde l'universelle vie, puisque
la nature a mis dans l'homme la bonté
et l'amour, la bonté et l'amour sont en
elle.

Quelle douceur ont ces herbes accueil-

lantes où nous étendons nos membres
las ! Quelle vertu secourable dans ce
soleil déclinant qui caresse, à cette heure,
sur la place mélancolique de chaque petit
village, le dos des vieillards assis sur les
bancs ! Comme il assoupit nos regrets,
fait fondre nos ressentiments, efface les
pas qui nous ont foulé l'âme, affaiblit
nos chagrins et, avec les pierres et nos
volontés, fait de la poussière ! De quelle
façon insensible et sûre, lui qui a éclairé
toutes les désillusions humaines, il décolore, détruit en nous le désir de biens
que nous ne pouvons atteindre ! Avec
quelle force tranquille de persuasion il
dit : « Résignez-vous », à ceux qui savent
entendre sa leçon !...

Ici, sur ce petit point du monde où
j'achève de vivre, à un certain moment
de sa course, il rencontre une goutte de
gomme qui, sur le tronc de ce prunier,
s'est solidifiée et la transforme en une
topaze incandescente. C'est chaque fois
comme un geste mystérieux qui me
dit :

— Il est trois heures.

Nous sommes à l'époque où dans la
maison il pénètre davantage. En juillet,
par la fenêtre qui éclaire l'escalier, il
effleurait à peine la première marche.
Déjà, il atteint la cinquième. Et à
mesure que le froid viendra, se sentant
plus attendu, il montera encore. C'est
ainsi que, durant la saison du sommeil
végétal, quand il n'a plus d'autre utilité
que de réchauffer les êtres, il s'attache
à eux, les suit dans leurs demeures, en
gravit les degrés, s'élargit dans les
chambres, s'avance jusqu'au chevet
des lits pour retrouver ses amis les
malades.

Puis, discrètement, sur la pointe du
pied, il se retire, rétrograde, mois par

mois, redescend, marche à marche,
comme il est venu, rappelé dans l'univers par les vergers, les prairies et les
bois.

Pendant que je trace ces lignes au
crayon sur quelque marge de journal,
son dernier rayon chemine, lentement,
ce soir, parmi le gravier de l'allée. Les
arbres, les plantes, les fleurs, qui perdent
avec lui leur bien le plus précieux, ont
poussé davantage du côté où il les quitte,
à cause de l'effort qu'ils ont fait chaque
soir pour le voir partir ; et quand il a
disparu, c'est un peu impressionnant de
se retrouver, dans un vaste silence, avec
ces témoins arrêtés, cette multitude
immobile comme assemblée sur des gradins, dont toutes les têtes tournées
vers le même point dénoncent la route
qu'il a prise...

Le rayon chemine lentement sur le
gravier, semblable à la traîne d'une robe
qui s'en va. Et moi, dont les meilleurs
moments furent donnés à mon cœur par
un retour mélancolique vers la dernière
aventure de ma vie, je me rappelle combien de fois j'ai suivi du regard Javotte
qui s'en allait ainsi. Ainsi, elle s'en allait,
sans bruit, dans l'allée de Val-Roland,
et, à chaque pas qui s'éloignait, je
voyais pareillement l'ombre grandir
autour de moi...

J'écris pour ceux que la vie, le mal
ou l'amour ont blessés, pour ceux qui
portent au côté gauche une langueur
secrète et qui, comme moi, étendus dans
un jardin, interrompent leur lecture ou
leur rêverie pour mieux sentir dans
l'enveloppement affectueux d'une journée de septembre ces douces influences
qui veulent consoler...

LES VIEILLARDS ASSIS SUR LES BANCS

XXIII

RÊVERIE PHILOSOPHIQUE

La Nature, pour nous contraindre à l'action, a paré d'attraits tout ce que nous n'avons pas. Pour nous incliner au souvenir, elle nous a donné le regret. Nos impulsions les plus confuses tendent aux fins qu'elle se propose. Or, quelles promesses a-t-elle encloses dans ce don qu'elle nous fit de l'espoir et du rêve? Cette ardeur qui nous porte vers le mieux, cette tentation de s'évader de soi-même, ce besoin de s'élever qui nous exalte et nous passionne, est-ce sans but que nous les subissons? Est-ce sans dessein qu'il fut permis à notre pensée d'aller toujours au delà de ce que nos mains peuvent faire et que nous sentons en nous le germe d'actions impossibles à accomplir dans l'état où nous sommes? A quoi servent cette impulsion qui se retrouve, jamais lassée, toujours intacte, à tous les âges de la terre, cette tendance ascensionnelle, cette constante aspiration vers un état supérieur?

Chaque fois qu'un homme que n'illumine point la foi s'est tourné vers la mort, il s'est demandé :

« Quoi ! la vie est cette attente inquiète, ce moment instable où nous cherchons à nous découvrir, à nous réaliser ! Chaque effort que nous faisons dans ce but prépare notre propre ruine ; les ailes que nous avons acquises nous approchent de notre fin comme la chrysalide ne se mue en papillon que pour s'anéantir quelques instants après. A peine épelons-nous quelques vérités que notre lampe s'éteint. Nous mourons inachevés. Et c'est pour ce bégaiement que nous venons au monde, pour quel-

ques fêtes de l'esprit et de la chair, quelques ivresses, quelques sanglots? Mais quelle absurdité est-ce donc alors que la vie? »

Le problème de la mort, qui a tiré des poètes leurs plus beaux cris, n'a tiré des penseurs que de vains efforts désespérés vers la suprême raison des choses. Il n'est pas de domaine où notre conception soit plus pauvre en hypothèses, et les différents systèmes qu'on nous propose sont comparables à ces épreuves photographiques non fixées qu'il suffit d'exposer à la lumière pour qu'elles s'obscurcissent. Si quelqu'un me déclare que la vie n'a pas de sens, je me dis : « Qu'en sait-il ? » Tout infime que soit l'homme, je ne puis voir en lui un jouet aux mains des forces qui le conduisent. Dès qu'il cesse d'être ébloui par les merveilles qui l'entourent et qu'il commence à les considérer, l'esprit pressent qu'elles ne sont point une terminaison. La création présente la trace de tâtonnements, toute une série d'essais que les fouilles du sol ramènent au jour et où se peut suivre à travers les époques, dans les types ébauchés, puis abandonnés, comme la sourde, patiente, éternelle volonté d'une réalisation meilleure. Même dans ce qui a survécu et qui, par conséquent, dut la satisfaire, le pouvoir d'invention de la Nature n'apparaît pas sans limites. Elle se répète dans la construction des végétaux, dans la forme des animaux et jusque dans les ruses des insectes. Non, son œuvre n'est point close : et il est permis de se demander si ce n'est pas à l'homme, qui a déjà remplacé par l'hélice les nageoires et les ailes, si ce n'est pas à l'homme qu'elle a songé, *si ce n'est pas lui, le bon ouvrier, le collaborateur dont elle entend utiliser le génie pour perfectionner ses procédés.*

Sans doute, ce génie n'a pas encore donné sa mesure. Mais nous quittons à peine l'état de barbarie où les guerres firent tort aux laboratoires ; et puis, le monde est-il si vieux ? Je calcule qu'il n'y a pas plus d'un *milliard* de minutes que le Christ est mort, et que trente-deux individus de soixante ans représentent la durée actuelle de l'ère chrétienne.

Ainsi, faisons notre tâche. C'est notre raison d'être ; et il ne faut pas plaindre ceux qui purent aller jusqu'au bout de leur effort. Ceux-là connurent ces heures lumineuses qui sont l'apothéose des existences privilégiées. En développant nos facultés, en faisant fonctionner cet instrument précieux qu'est notre cerveau, nous répondons au vœu secret des puissances qui nous le confièrent, comme au plus digne, et qui par là permirent à l'homme seul de progresser au milieu des plantes et des animaux stationnaires. Je ne suis pas un philosophe ; je n'en ai ni le langage, ni l'érudition. J'exprime là, simplement, des choses qui ont été pensées avant moi par tous ceux à qui les difficultés rencontrées, les déchéances individuelles, une destinée adverse n'ont pas ôté la croyance que notre cause est belle, par tous ceux qui sentirent fortement, comme je le sens à l'approche de ma fin, que l'effort est sacré, que le travail est notre grand devoir. Faisons donc notre tâche sans savoir où elle nous mène et quel que soit notre sort. Chacun de nous est une éprouvette où quelque combinaison s'élabore. Parmi tant de cellules qui demandaient à naître, et qui ne s'éveillèrent point, nous fûmes touchés du doigt ; nous sommes nécessaires. Si une pensée vient bou-

leverser le monde, ce n'est pas seulement parce qu'un grand esprit l'a conçue, mais parce que mille esprits moyens l'ont comprise. Tout grand acte est collectif. Nos élans, nos rêveries, nos désirs, nos douleurs servent à quelque chose. Rien n'est inutile, sauf peut-être ce que j'écris là.

XXIV

LETTRE DE JAVOTTE

Val-Roland, le 12 octobre 1910.

« Mon ami,

« Nous nous sommes quittés un dimanche à Val-Roland. Vous étiez dans votre chambre, exalté, hors de vous, prêt à toutes les folies si j'avais dit un mot. Il ne s'est rien passé depuis ce jour où vous me regardiez partir avec une tendresse passionnée. Je vous étais chère et je vous suis odieuse.

« Je ne vous ai pas revu. Je n'ai pas changé, je n'ai rien fait que me taire avec patience, et les raisons que vous aviez alors de me chérir sont les mêmes que vous avez aujourd'hui de me détester.

« Vous ne trouverez dans cette lettre rien de ce que je vous ai si souvent écrit depuis votre départ et que je ne vous ai pas envoyé. Les cris de douleur sincère que votre perte m'a si souvent arrachés, vous ne les aurez pas entendus. Mes lettres destinées à votre mère, mes lettres à vous-même ne sont pas parties. Elles vous auraient touché certainement. Mais je ne me suis pas cru le droit de vous troubler, de contrarier l'œuvre de votre guérison, et puisque la maladie vous avait refait la faiblesse du premier âge, je vous ai, en me sacrifiant, laissé à celle dont c'était le destin naturel de vous soigner, de vous guérir.

» Mais maintenant qu'un peu de temps a passé, qu'une sorte de triste paix s'est répandue en moi, après avoir vu l'été décoloré par votre absence, après avoir vécu une sorte d'exil dans Val-Roland abandonné par vous, maintenant que l'automne me rend peu à peu les aspects que vous avez connus, laissez-moi vous dire avec quelle émotion je

sans être tentée de m'asseoir là sur le chemin, dans la poussière, la tête dans mes mains, et de sangloter.

» Mais je ne veux pas vous attendrir. Si je sors enfin de mon long silence, ce n'est pas pour me plaindre. Je m'étais promis de vous écrire avec calme et j'avais bien commencé ; mais vous voyez, déjà je ne m'appartiens plus. Excusez-

passe chaque jour devant le chalet que vous habitiez, je lève les yeux sur ce balcon, sur cette porte-fenêtre aujourd'hui close, et où vous ne m'apparaîtrez plus... Laissez-moi vous dire le serrement de cœur que j'éprouve quand je regarde le mimosa qui refleurira cet hiver et où j'ai coupé une petite branche, un jour, pour vous la jeter dans votre chambre. Je ne puis passer devant ces choses, me rappeler ces deux mois de si douce intimité avec vous, et tous mes sentiments et tout ce qui s'est passé,

moi, ceci n'est qu'un instant de faiblesse. Ce n'est pas à votre cœur que je m'adresse aujourd'hui, c'est à votre raison, et je n'attends rien de vous, sinon que vous me rendiez justice. Je ne veux que défendre la mémoire que vous me gardez. J'en ai le droit ; je l'ai acquis par mon courage à me taire afin de vous laisser le temps de vous ressaisir, de reprendre vos forces et toute votre sagesse. J'ai acquis le droit de vous dire la raison plus forte que ma volonté qui m'a contrainte au silence en cette minute si douloureuse où vous m'interrogiez en présence de votre ami.

» Voici ce qui s'est passé ce dimanche-là : Je venais de déjeuner avec ma mère et ma sœur. Votre ami est arrivé. Il avait un air bouleversé qui a frappé tout le monde. Quand nous avons été seuls, il m'a dit :

« Je viens vous chercher. Il faut que vous veniez. Gilbert vous réclame. Il y a eu ce matin entre sa mère et lui une scène épouvantable. Il parle de vous épouser. Il est complètement fou. Voilà ce que vous avez fait avec les meilleures intentions du monde, j'en suis persuadé, mais aussi, avouez-le, avec une bien grande imprudence. Nous sommes tous dans le drame. Moi, je suis trop ému par ce que je viens d'apprendre pour vous parler de moi. Quant à la mère, elle est au désespoir. J'ai causé longuement avec elle. Déjà ces jours derniers, Gilbert a eu deux syncopes. Il se refuse, depuis un mois, à recevoir le médecin ; il ne veut plus se soigner ; et vous allez voir à quel degré de surexcitation il est arrivé. Il ne s'agit plus de vous laisser aller à un attendrissement facile. La situation est celle-ci : Si vous l'encouragez dans sa folie, vous le tuez. »

« De tout cela, je n'ai retenu qu'une chose : c'est que je pouvais vous tuer, c'est que ma présence, mes visites, votre surexcitation, notre amour, vous étaient funestes, c'est que dans votre état de santé vous couriez le risque de ne pouvoir résister à toutes ces secousses, c'est qu'il vous fallait du calme et que, coûte que coûte, en ce moment, je ne devais songer qu'à votre guérison. Je suis venue. Je ne savais pas encore ce que je vous dirais ; je n'étais résolue à rien, et mon compagnon était loin de se douter com-

bien j'étais déchirée. En entrant chez vous, j'ai aperçu votre mère qui, en me voyant, sans m'adresser la parole, s'est aussitôt retirée dans sa chambre. Elle avait une figure vieillie et si douloureuse que cela m'a fait mal. Elle non plus n'a pas compris combien je souffrais. Au lieu de voir en moi une alliée, elle voyait une adversaire, une ennemie peut-être. Sa retraite était pour moi le plus cruel reproche : « C'est vous qui tuez mon fils, semblait-elle me dire, allez continuer votre œuvre, allez l'achever. » Alors j'ai été décidée tout à fait ; et voilà pourquoi vous avez pu me torturer par vos questions, je n'ai pas répondu ; voilà pourquoi je n'ai prononcé que des paroles raisonnables, qui vous ont paru indifférentes, qui étaient de ma part comme une trahison et qui m'ont tant coûté à prononcer !... Voilà ; je vous ai dit la vérité. Quel intérêt aurais-je à vous mentir désormais? Je sais bien que notre amour, c'est fini ; je sais bien que c'est fini... Alors quel intérêt aurais-je à vous mentir?...

» Oui, j'ai été imprudente. Quand j'ai connu votre ami, je l'ai trouvé délicat, intelligent, cultivé. Nous avons fait de la musique. J'avais beau me répandre, voir du monde, chercher à consoler ceux qui sont tristes et blessés, j'étais si seule ! J'ai été imprudente, c'est vrai ; et puis on m'a si mal élevée !... Je me suis promenée avec lui dans les bois. J'ai toujours mis une sorte de coquetterie à braver la médisance quand je n'avais rien à me reprocher. Je vous dis tout ; je n'avais rien à me reprocher. Je me suis servie innocemment de lui pour me rapprocher de vous. Ensuite, quand je vous ai connu, je devais faire cesser le ton intime de cette camaraderie. C'est ce que j'ai tenté de faire. Mais ce garçon s'était malgré lui un peu attaché à moi, et mon tort a été sans doute de vouloir le ménager. J'aurais dû lui parler franchement ; c'eût été cruel. Or, je n'ai jamais eu le goût ni la force des cruautés nécessaires.

JE SONGE
QUE CES NUAGES

» Parce que je parais heureuse, parce que je ris, parce que je m'entraîne, même si je suis triste, à dire des choses gaies pour m'étourdir, parce que je parais légère et frivole, personne ne m'a jamais comprise.

» Si vous m'aviez comprise, seriez-vous parti? Vous auriez cherché, vous auriez découvert la vraie raison de mon silence. Mais vous avez préféré partir sans même m'entendre et alors, cher injuste, je n'ai pas cessé de m'occuper de vous. J'ai voulu savoir comment vous viviez, avoir un aperçu de ce qui vous entoure. J'ai prié une de mes amies qui habite Paris d'aller à Sannois, de passer devant votre maison, de me la décrire. Je sais qu'elle est plantée un peu obliquement. Sur le côté il y a un sorbier illuminé par ses fruits rouges comme par autant de petites lanternes vénitiennes. Le jardin est derrière. En suivant un sentier public, on le découvre tout au long. Vers le milieu, on aperçoit le toit d'un petit kiosque où vous deviez vous tenir durant les heures chaudes de l'été. Mais une rangée d'arbustes empêchait qu'on vous vît. C'est là que je vous évoque, étendu sur votre chaise longue, avec vos belles mains inoccupées, votre chère faiblesse, votre tendre et violent esprit...

» Quand le vent souffle dans votre direction et qu'il emporte vers vous des nuages qui se déforment et se reforment tour à tour, je les regarde et je songe que ces nuages vous les verrez passer peut-être sur votre tête, mais qu'ils ne vous parleront pas de moi et que vous ne saurez pas tout ce qu'à leur passage je leur ai confié de vœux, de pensées ardentes pour vous, tout ce qu'ils vous apportent de ma peine inconsolable...

» Et vous, pendant ce temps, vous êtes-vous tourné quelquefois vers Val-

Roland? M'avez-vous crue tout à fait indigne de votre souvenir? Me donnes-tu encore, malgré tout, le matin quand tu revois la lumière et le soir quand la nuit se fait en toi, cette pensée affectueuse que tu m'avais promise?

» Voilà mon ami, tout ce que je voulais vous dire. Je ne demande pas à vous revoir. Peut-être cela serait-il mauvais pour vous. Mais laissez-moi croire qu'avec le temps vous n'oublierez pas ce que je fus pour vous, laissez-moi croire que, plus tard, quand vos forces vous seront complètement rendues, je vous reverrai. En attendant, le silence va se refaire entre nous, et je vais continuer à penser à vous, chaque jour, comme à un ami très tendre auquel j'ai peut-être fait un peu de mal quand je m'imaginais d'un cœur si sincère ne lui apporter que du bonheur !...

» JAVOTTE »

J'ai relu cette lettre plusieurs fois. Mes mains tremblaient ; mon cœur sautait dans ma poitrine. Mon unique pensée était celle-ci : « La revoir ! la revoir ! la revoir ! »

Mais comment? Est-ce le second automne qui m'achève alors que le premier m'avait épargné? Je suis devenu si faible, qu'il ne me faut pas songer à quitter Sannois. La faire venir? Outre tant de raisons de convenances qui s'y opposent, il me faut compter avec les alarmes légitimes de ma mère qui sait combien les émotions me sont funestes. Et puis, quand Javotte m'a vu pour la dernière fois, la jeunesse ne s'était pas encore effacée de mon visage. Là-bas, elle a quitté un jeune homme ; qu'en reste-t-il aujourd'hui? Si la glace ne me révélait ce dépérissement progressif de toute ma personne, à chaque instant, dans la bou-

che d'autrui, j'en trouverais l'écho. Un jardinier du pays, que nous employons quelquefois, me disait récemment en me parlant de ma mère : « J'ai proposé à *votre dame* de faire là un massif de tulipes. » Ma mère a soixante ans. Blanchi, voûté, creusé, penché vers la terre, je parais avoir plus que cet âge.

Non, qu'elle ne me voie pas ainsi, que je ne devienne pas pour elle un objet de pitié et presque de dégoût, qu'elle n'assiste pas à cette déchéance physique, à toutes ces affreuses misères que je ne veux même pas écrire, que notre court roman conserve à ses yeux tout ce qui demeure d'illusion au fond de l'inachevé.

Alors, au bout de quelques jours, je lui ai répondu un petit mot très sage où je lui dis que nous nous reverrons l'an prochain. Mais je ne m'abuse pas, et, l'an prochain...

Je sais bien que je ne la reverrai pas, et c'est cela que, sagement, je dois souhaiter. Ainsi, elle n'aura pas connu ce visage prêt à tomber en poussière ; elle gardera intacte et peut-être embellie l'image de ce que je fus ; en pensant à moi quelquefois, le soir, elle portera la main à la place chaude et vive où je ressuscite en elle. Car, pendant que le mal me dissout et m'ôte ma ressemblance, chaque jour un artiste patient, obscur, merveilleux, qui s'appelle le souvenir, dans son cœur, sculpte ma statue.

XXV

SUR MA MÈRE

Et maintenant, combien de jours doit se prolonger ce Roman du Malade que je vais clore ici? Combien de jours vont encore, sous mes yeux, retourner leur feuillet dont l'envers est la nuit? Et durant ces heures où les forces en suspens de la lumière s'apprêtent à éclairer le feuillet suivant, quelles insomnies me feront encore le cœur lâche, jusqu'au matin limpide qui ramène le courage, jusqu'au matin tranquille qui arrange tout?

Ma mère est auprès de moi. Je contemple son fin visage, dont chaque trait, un peu creusé, semble porter l'empreinte d'une épreuve. Elle est lasse d'avoir monté avec peine toutes les marches de la vie. Elle n'a plus de curiosités, mais elle est sans égoïsme. L'âge qui l'a dépouillée de tant d'ardeurs ne lui a laissé que la bonté. La bonté sur son front a la mélancolie de cette dernière lampe qu'on voit briller le soir à la plus haute fenêtre d'une maison, longtemps après que toutes les autres fenêtres se sont éteintes.

Ah ! ma mère, la douce femme ! Je la considère avec toute mon attention réfléchie, et, en même temps, elle m'apparaît à travers les plus petits faits de ma vie. Dès que je prononce son nom, de chaque point, de chaque alvéole de ma mémoire un souvenir ouvre son aile, souvenir de mon caprice et de sa patience. Quelle patience! Avec elle, je me suis cru tout permis. Ses dévouements, ses sacrifices, ses soins de chaque heure m'ont paru naturels, puisque c'était ma mère. Que de fois je l'ai contrariée sans raison ! Que de fois, voulant lui dire de bonnes paroles, j'en prononçai de méchantes ! Quelle nervosité, quelle intolérance de ma part ! Lorsque je fus si mesuré, si poli avec des gens qui m'étaient indifférents, d'où vient que je fus si peu maître de moi, si injuste souvent avec elle, dont la présence m'était si chère, pourtant ? On est indulgent envers soi-même. Chacun de mes torts, je les oubliai aussitôt,

et parce que je les oubliai, je crus qu'elle les oubliait elle-même. Le miracle, c'est que je ne me trompai pas.

Est-ce que je n'étais pas tout pardonné, dès l'instant qu'entourant son cou de mes bras, je lui revenais repentant? Il n'était pas au pouvoir de mes fautes de la détacher de moi, et, quoi que je fisse, rien ne m'eût fermé son cœur. Aussi, quand elle me dit : « Mon pauvre enfant, je t'ai tant aimé ! » je sens que ce que j'avais de meilleur à attendre de la vie, c'est en elle que je l'ai trouvé. Et combien cela augmente mon remords ! A mesure que je redescends la côte qui s'accélère, j'y songe avec plus de surprise et de chagrin. Quand je considère, comme en ce moment, sa chère tête, je me dis : « Regarde-la bien ; tu as si peu de temps à la voir. » Alors nos yeux se rencontrent, et je lis, dans les siens, la même pensée.

O ma mère, qui fus pour moi une compagne de toutes les heures, une camarade, qui te plias à mon humeur, qui n'eus d'autres amis que mes amis, qui sus adapter ta vie à la mienne avec une grâce si simple et tant d'abnégation, puisque tu es là encore, je n'ai pas le droit de me plaindre tout à fait du sort ! Puisque cette joie m'a été donnée de prononcer le doux nom de maman chaque matin en m'éveillant depuis que je respire, non, je n'ai pas le droit de trouver que je fus complétement malheureux.

A présent, je songe avec effroi à sa douleur de me perdre. C'est sur elle que se porte toute ma pitié frémissante. Que fera-t-elle quand, le soir, la maison s'emplira d'ombre et qu'elle croira entendre derrière la porte un pas qui ne sera plus le mien? Que fera-t-elle quand, la lampe allumée, elle ne me trouvera plus là, étendu sur ma chaise longue, à la place accoutumée? Elle montera dans ma chambre vide, elle frappera les murs avec démence ; elle se laissera tomber sur un siège et, la tête entre ses mains, demandera à Dieu de la reprendre. Ensuite, un peu plus calme, elle regardera l'escalier par où mon corps descendit, la porte par où il passa, et, à travers la vitre noire, cherchera, dans le lointain, l'endroit où il repose. Ah ! que mon cœur se brise de penser à cela !

Je me dis : « N'y pensons pas. C'est trop cruel. » Mais comment n'y pas penser? Mon esprit trop lucide me la montre, la nuit, réveillée en sursaut, croyant que je suis encore dans la chambre voisine et que je l'ai appelée.

— André ! André ! tu m'appelles ?

Et c'est le silence, l'affreux, le terrible silence qui recueille, qui absorbe, qui recouvre sa voix.

D'autres fois, à la voir si frêle et si sensible, je songe : « Si quelqu'un lui manquait de respect, un homme ivre dans la rue ou quelque voyou le soir? Si, devinant un être sans défense, pour se distraire, un chenapan lui prenait le bras... Elle dirait : « Monsieur, laissez-moi ! » Elle serait effrayée, interdite, paralysée. Ou bien elle voudrait courir ; elle tomberait peut-être. Allons ! Allons ! qu'est-ce que je vais imaginer là ? »

Non, je veux croire qu'elle ne demeurera pas seule. Ma cousine Amélie vient nous voir quelquefois avec son mari et leur fille, Jeanine, qui est assez délicate. Ma mère, sans doute, ira passer l'hiver à Paris chez eux ; et l'été, c'est eux qui viendront ici. L'air de Saunois sera très favorable à Jeanine. De plus, mon cousin Autran aime la campagne. Je les imagine tous réunis dans cette maison.

A l'entrée du vestibule, j'aperçois son chapeau suspendu à ma patère et sa canne à la place où je mettais la mienne. Il s'installera à mon bureau, pour écrire ses lettres. De ses mains fortes et velues, il ouvrira ces livres entre les pages desquels j'ai enclos tant d'émotions, d'enthousiasmes et d'élans, miroirs où j'ai cherché un reflet de mes rêveries, portes de lumière par où ma pensée est partie pour de si beaux voyages. D'un doigt distrait, il secouera sur ces feuillets les cendres de tout ce qui embellit mes heures de solitaire. Il ouvrira cette fenêtre, s'accoudera à ce balcon à la place où j'aime rêver, allumera une cigarette et reviendra s'asseoir négligemment sur ce fauteuil où je me suis assis pour attendre la mort.

Quand il vient nous voir avec Amélie et leur fille, je considère son visage ouvert, un peu sanguin, qui a quelque chose de simple, d'honnête et de bon. Cet été, il ne manquait pas de me répéter régulièrement que j'avais meilleure mine que la dernière fois. Maintenant, il se contente de me dire : « Allons, ne vous découragez pas, vous vous en tirerez. » Certainement, s'il ne dépendait que de lui, le brave garçon...

Oui, je souhaite qu'il me succède ici, bien qu'un peu de moi soit ému involontairement à la pensée qu'il en chassera mon fantôme. Mais il le faut. Je ne veux pas que ma mère reste seule. Mon fantôme chassé de ces pièces, de ces meubles, se réfugiera dans ces papiers, ces objets, cette brosse ronde qui faisait sourire Paul, dans ce portrait qu'Alberti fit de moi autrefois et dont nul ne voulait comprendre l'air de tristesse prédestinée, dans ces reliques que ma mère aura précieusement rangées. Et je demeurerai

Le Roman du Malade

SI UN CHENAPAN LUI PRENAIT LE BRAS

aussi et surtout dans sa mémoire, dont chaque jour elle ouvrira la porte pour s'y enfermer de longues heures avec moi.

Ainsi, jusqu'à ce qu'elle-même ait fermé les yeux, je ne serai pas tout à fait inexistant. Mais elle partie, que restera-t-il de moi? Qui saura ce que j'ai été? Elle seule m'a connu. Pour elle, j'étais en quelque sorte transparent. Ce que savent de nous ceux qui nous approchent est bien sommaire, bien mélangé d'erreur. Des fragments seuls de notre être intime leur sont apparus. Si mes amis me consacrent un moment de causerie, celui-ci qui m'a vu combatif et armé s'étonnera que celui-là m'ait vu si tendre. Avec une égale bonne foi, l'un parlera de ma faiblesse, l'autre de ma vaillance. Chacun est attentif à découvrir chez autrui les qualités qu'il aime, ou les défauts qui excuseront les siens. Le plus petit indice de mensonge est la première chose qu'un menteur apercevra dans le visage qu'il interroge. Et comme chaque homme contient tous les hommes, ce que l'un ou l'autre de mes amis aura retenu de mon caractère, c'est, en somme, sa qualité ou son défaut familiers.

Et Javotte, qu'a-t-elle vu en moi? Que retiendra-t-elle de moi?... Non, d'elle je ne parlerai pas. Je ne veux plus m'attendrir.

Mais où que tu sois, si tu lis un jour ces lignes, ô mon amie, tu sauras pourquoi je ne t'ai pas revue, mais tu ne sauras jamais combien de fois je t'ai appelée !...

Il est temps de finir. Chaque effort que je fais pour écrire épuise mon courage. Combien je suis loin de la façon ordonnée et lente avec laquelle je notais au début les sensations de ce livre ! Ne sachant pas si je pourrais conduire à sa fin cette entreprise, je négligeais de recueillir bien

des choses paresseusement rêvées. Mais on s'attache à ce que l'on fait ; bientôt la fièvre m'a gagné, et, à mesure que j'avançais, c'est avec angoisse que je me

demandais si je pourrais aller jusqu'au bout de ma tâche.

Semblable à l'amoureux que le soir surprend en train d'écrire une lettre ardente et dont la plume rapide cherche à devancer l'ombre, souvent la fièvre m'a pris à la pensée que pourrait s'obscurcir tout à coup ma page inachevée.

Alors je me suis hâté. J'ai lutté de vitesse avec la mort.

Duel tragique, d'où je sors, pour quelques heures, vainqueur et dupe. A quoi bon cette hâte, cette fièvre, cette angoisse? Pour quel résultat? L'homme qui bâtit une maison sait qu'elle abritera les êtres qui viendront après lui. L'homme qui plante un arbre en attend de l'ombrage pour ses petits-enfants. Mais celui qui, sans génie, entreprend de raconter sa rêverie ou sa douleur, doit se résigner à confier ses feuilles au vent.

Je sais qu'on peut trouver absurde le beau rêve orgueilleux de se survivre, et pourtant j'avoue qu'il m'eût été doux de fermer les yeux avec la sensation de laisser une trace dans la mémoire de ceux, tous ceux qui auront pu me comprendre, à qui j'ai essayé de montrer ici un peu de mon cœur. Mourir quand on est assuré de laisser derrière soi un souvenir un peu durable de son passage; quand de votre voix qui s'est tue demeurent tant d'échos qu'ils font tressaillir le passant à tous les coins du chemin; quand, à chaque instant de l'avenir, des amoureux et des poètes doivent murmurer votre nom avec plus de ferveur que celui de leur maîtresse; quand on peut prévoir qu'un jour un vieillard, en se découvrant, dira, dans un religieux silence, à des jeunes hommes émus : « Voilà le banc où il s'est assis », mourir dans ces conditions, ce n'est pas retourner au néant, c'est s'endormir.

Écartons ces grands rêves qui, seuls, peuvent un peu vous consoler d'entrer pour toujours dans la nuit de la terre. Confions nos feuilles au vent. La raison et la sagesse me disent :

« Sois sans regrets. L'important n'est pas de conquérir la gloire et de laisser un nom dans la mémoire des hommes, l'important c'est de quitter la vie meilleur qu'on n'y était entré. »

André Gilbert est mort le 24 décembre 1910, quarante-sept jours après avoir achevé ces lignes.

NOUVELLE COLLECTION ILLUSTRÉE
CALMANN-LÉVY